A VENDETA
seguido de
A PAZ CONJUGAL

Livros do Autor na Coleção **L&PM** Pocket:

A duquesa de Langeais
A menina dos olhos de ouro
Ferragus
A mulher de trinta anos
O lírio do vale
A vendeta *seguido de* A paz conjugal

Honoré de Balzac

A COMÉDIA HUMANA

ESTUDOS DE COSTUMES

CENAS DA VIDA PRIVADA

A VENDETA

seguido de

A PAZ CONJUGAL

Tradução de William Lagos

www.lpm.com.br

L&PM POCKET

Coleção **L&PM** Pocket, vol. 488

Título original: *La Vendetta. La paix conjugale*

Tradução: William Lagos
Capa: Ivan Pinheiro Machado sobre quadro *La Madaleine* de Jean-Jacques Henner, Petit Palais, Paris
Revisão: Bianca Pasqualini e Renato Deitos

ISBN: 85.254.1476-X

B198v Balzac, Honoré de, 1799-1850.
A vendeta; A paz conjugal/ Honoré de Balzac; tradução de William Lagos. -- Porto Alegre : L&PM, 2006.
200 p. ; 18 cm. -- (Coleção L&PM Pocket, n.488)

1.Literatura francesa-Romances de costumes-vida privada. I. Título. II.Título A paz Conjugal. III.Série.

CDU 821.133.3-311.2

Catalogação elaborada por Izabel A. Merlo, CRB 10/329.

Porto Alegre: Rua Comendador Coruja 314, loja 9 - 90220-180
Floresta - RS / Fone: (0xx51) 3225.5777
Informações e pedidos: info@lpm.com.br
www.lpm.com.br

Impresso no Brasil
Verão de 2006

Sumário

A comédia humana

A comédia humana é o título geral que dá unidade à obra máxima de Honoré de Balzac e é composta de 89 romances, novelas e histórias curtas.[1] Este enorme painel do século XIX foi ordenado pelo autor em três partes: "Estudos de costumes", "Estudos analíticos" e "Estudos filosóficos". A maior das partes, "Estudos de costumes", com 66 títulos, subdivide-se em seis séries temáticas: *Cenas da vida privada, Cenas da vida provinciana, Cenas da vida parisiense, Cenas da vida política, Cenas da vida militar* e *Cenas da vida rural.*

Trata-se de um monumental conjunto de histórias, considerado de forma unânime uma das mais importantes realizações da literatura mundial em todos os tempos. Cerca de 2,5 mil personagens se movimentam pelos vários livros de *A comédia humana*, ora como protagonistas, ora como coadjuvantes. Genial observador do seu tempo, Balzac soube como ninguém captar o "espírito" do século XIX. A França, os franceses e a Europa no período entre a Revolução Francesa e a Restauração têm nele um pintor magnífico e preciso. Friedrich Engels, numa carta a Karl Marx, disse: "Aprendi mais em Balzac sobre a sociedade francesa da primeira metade do século, inclusive nos seus

1. A idéia de Balzac era que *A comédia humana* tivesse 137 títulos, segundo seu *Catálogo do que conterá A comédia humana*, de 1845. Deixou de fora, de sua autoria, apenas *Les cent contes drolatiques*, vários ensaios e artigos, além de muitas peças ficcionais sob pseudônimo e esboços que não foram concluídos.

pormenores econômicos (por exemplo, a redistribuição da propriedade real e pessoal depois da Revolução), do que em todos os livros dos historiadores, economistas e estatísticos da época, todos juntos".

Clássicos absolutos da literatura mundial como *Ilusões perdidas*, *Eugénie Grandet*, *O lírio do vale*, *O pai Goriot*, *Ferragus*, *Beatriz*, *A vendeta*, *Um episódio do terror*, *A pele de onagro*, *Mulher de trinta anos*, *A fisiologia do casamento*, entre tantos outros, combinam-se com dezenas de histórias nem tão célebres, mas nem por isso menos deliciosas ou reveladoras. Tido como o inventor do romance moderno, Balzac deu tal dimensão aos seus personagens que já no século XIX mereceu do crítico literário e historiador francês Hippolyte Taine a seguinte observação: "Como William Shakespeare, Balzac é o maior repositório de documentos que possuímos sobre a natureza humana".

Balzac nasceu em Tours em 20 de maio de 1799. Com dezenove anos convenceu sua família – de modestos recursos – a sustentá-lo em Paris na tentativa de tornar-se um grande escritor. Obcecado pela idéia da glória literária e da fortuna, foi para a capital francesa em busca de periódicos e editoras que se dispusessem a publicar suas histórias – num momento em que Paris se preparava para a época de ouro do romance-folhetim, fervilhando em meio à proliferação de jornais e revistas. Consciente da necessidade do aprendizado e da sua própria falta de experiência e técnica, começou publicando sob pseudônimos exóticos, como Lord R'hoone e Horace de Saint-Aubin. Escrevia histórias de aventuras, romances policialescos, açucarados, folhetins baratos, qualquer coisa que lhe desse o sustento. Obstinado com seu futuro, evitava usar o seu verdadeiro nome para dar autoria a obras que considerava (e de fato eram) menores. Em 1829, lançou o primeiro livro a ostentar seu nome na capa – *A Bretanha em 1800* –, um romance histórico em que tentava seguir o estilo de *Sir* Walter Scott (1771-1832), o grande romancista escocês autor de romances históricos clássicos, como *Ivanhoé*. Nesse momento, Balzac sente que começou um grande projeto literário e lança-se fervorosamente na sua execução. Paralelamente à enorme produção que detona a partir de 1830, seus delírios de grandeza levam-no a bolar negócios que vão desde gráficas e revistas até minas de prata. Mas fracassa como homem de negócios. Falido e endividado, reage criando obras-primas para pagar seus credores numa destrutiva jornada de trabalho de até dezoito horas diárias. "Durmo às seis da tarde e acordo à meia-noite, às vezes passo 48 horas sem dormir...", queixava-se em cartas aos amigos. Nesse ritmo alucinante, ele produziu alguns de seus livros mais conhecidos e despontou para a fama e para a glória. Em 1833, teve a antevisão do conjunto de sua obra e passou a formar uma grande "sociedade", com famílias, cortesãs, nobres, burgueses, notários, personagens de bom ou mau caráter, vigaristas, camponeses, homens honrados, avarentos, enfim, uma enorme galeria de tipos que se cruzariam em várias histórias diferentes sob o título geral de *A comédia humana*. Convicto da importância que representava a idéia de unidade para todos os seus romances, escreveu à sua irmã, comemorando: "Saudai-me, pois estou seriamente na iminência de tornar-me um gênio". Vale ressaltar que nesta imensa galeria de tipos, Balzac criou um espetacular conjunto de personagens femininos que – como dizem unanimemente seus biógrafos e críticos – tem uma dimensão muito maior do que o conjunto dos seus personagens masculinos.

Aos 47 anos, massacrado pelo trabalho, pela péssima alimentação e pelo tormento das dívidas que não o abandonaram pela vida inteira, ainda que com projetos e esboços para pelo menos mais vinte romances, já não escrevia mais. Consagrado e reconhecido como um grande escritor, havia construído em frenéticos dezoito anos este monumento com quase uma centena de livros. Morreu em 18 de agosto de 1850, aos 51 anos, pouco depois de ter casado com a condessa polonesa Ève Hanska, o grande amor da sua vida. O grande intelectual Paulo Rónai (1907-1992), escritor, tradutor, crítico e coordenador da publicação de *A comédia humana* no Brasil, nas décadas de 1940 e 1950, escreveu em seu ensaio biográfico "A vida de Balzac": "Acabamos por ter a impressão de haver nele um velho conhecido, quase que um membro da família – e ao mesmo tempo compreendemos cada vez menos seu talento, esta monstruosidade que o diferencia dos outros homens".[2]

A verdade é que a obra de Balzac sobreviveu ao autor, às suas idiossincrasias, vaidades, aos seus desastres financeiros e amorosos. Sua mente prodigiosa concebeu um mundo muito maior do que os seus contemporâneos alcançavam. E sua obra projetou-se no tempo como um dos momentos mais preciosos da literatura universal. Se Balzac nascesse de novo dois séculos depois, ele veria que o último parágrafo do seu prefácio para *A comédia humana*, longe de ser um exercício de vaidade, era uma profecia:

"A imensidão de um projeto que abarca a um só tempo a história e a crítica social, a análise de seus males e a discussão de seus princípios, autoriza-me, creio, a dar à minha obra o título que ela tem hoje: *A comédia humana*. É ambicioso? É justo? É o que, uma vez terminada a obra, o público decidirá."

Ivan Pinheiro Machado

---

2. RÓNAI, Paulo. "A vida de Balzac". In: BALZAC, Honoré de. *A comédia humana*. Vol. 1. Porto Alegre: Globo, 1940. Rónai coordenou, prefaciou e executou as notas de todos os volumes publicados pela Editora Globo.

Introdução

O Romeu e Julieta *balzaquiano*

Direi mais simplesmente: com Shakespeare e Saint-Simon, Balzac é o maior depositário de documentos que possuímos sobre a natureza humana.

Hippolyte Taine*

Publicada pela primeira vez, em abril de 1830, *Vendetta* abria a seleção de romances que faziam parte do primeiro volume de *Cenas da vida privada*, no qual Balzac iniciava seu *estudo de costumes* que desembocaria na monumental *A comédia humana*, título que ele concebeu dez anos depois, em 1840, e que unificaria toda a sua obra anterior e futura.

Pequeno romance, esta história curiosa possui ingredientes poderosos que, manobrados pela maestria do autor, tornam-na um relato impregnado de emoção, paixão e suspense.

Tendo como pano de fundo a rivalidade entre duas famílias, ele faz o "Romeu e Julieta" balzaquiano, buscando na exótica Córsega e seus bárbaros e primitivos códigos de honra os personagens que desencadearão as paixões e os dramas de *Vendetta.*

A começar pelo mais ilustre dos corsos. Napoleão Bonaparte, que sempre fascinou Balzac (embora ele fosse confessadamente um adepto da monarquia), é personagem desta história, pois abre o romance ao dialogar com o corso Bartolomeu di Piombo que pede proteção ao imperador depois de fugir da Córsega acusado de matar toda a família Porta. Há um corte de quinze anos e a história recomeça com a monarquia recém-reinstalada no poder. Vamos para o ateliê do pintor Servin, que fazia sucesso em Paris iniciando as moças da melhor sociedade parisiense nas artes da pintura, entre elas, Ginevra di Piombo, filha do agora rico e poderoso Bartolomeu di Piombo. Imediatamente a presença da jovem e bela corsa provoca ciúmes nas afetadas aristocratas colegas de aula. O pintor Servin, um republicano enrustido, esconde em seu ateliê um jovem oficial do exército de Napoleão, que chegara ferido da derrota de Waterloo. O jovem passa despercebido por todas as alunas, menos por Ginevra. A ligação do jovem bonapartista perseguido pelos realistas que tinham tomado o poder com a bela corsa inicia esta história tão bela quanto terrível.

A paz conjugal também foi primeiramente publicada no livro intitulado *Scènes de la vie privée* [*Cenas da vida privada*], de 1830. Trata-se de um conto, ou de uma novela curta, que se passa inteiramente num curto período de tempo, em um dos principais salões do período napoleônico. Ali, altos oficiais do exército e do governo e suas mulheres e amantes socializam, bebem e comem do melhor, enquanto tecem os invisíveis fios do adultério e da disputa pela paixão e pelo poder. O que surpreende a todos e o que vai precipitar um alvoroço entre os convivas é a figura de uma linda mulher, que ninguém, aparentemente, sabe quem é, que permanece à margem de toda a festa, com sua triste figura e seu inescrutável segredo.

I. P. M.

A VENDETA

Dedicado a Puttinati [1]

Escultor milanês

No ano de 1800, pelo final do mês de outubro, um estrangeiro, acompanhado de uma mulher e de uma menina, chegou diante do bairro das Tuileries[2] em Paris e permaneceu durante um longo tempo em frente aos escombros de uma casa recentemente demolida, no lugar onde hoje se ergue a ala, então apenas começada, que deveria unir o castelo de Catarina de Médicis[3] ao Louvre dos Valois.[4] Ficou parado ali, de pé e imó-

---

[1] Alessandro Puttinati (1801-1872), escultor italiano radicado em Paris. (N. do T.)

[2] Literalmente, "olaria" ou "fábrica de telhas". O bairro recebeu o nome por causa de uma fábrica que lá funcionava no século XIV. Nessa localização, a partir de 1564, foi iniciada a construção do Palácio das Tulherias, a residência dos reis, sob os auspícios de Catarina de Médicis (1519-1589). Desde Henrique IV, decidiu-se ligar este palácio ao Louvre, mas apenas sob Luís XVIII e durante o Segundo Império as obras de ligação foram terminadas, dando à totalidade da construção – o Louvre – praticamente o aspecto que ele tem hoje. (N. do E.)

[3] Catarina de Médicis (1519-1589) era filha de Lorenzo de Médici, duque de Urbino, e tornou-se rainha da França por meio de seu casamento com Henrique II, filho do rei da França François I. (N. do E.).

[4] O Palácio do Louvre foi residência dos reis da França desde 1204, iniciado por ordem de Felipe Augusto e demolido por ordem de Francisco I; o prédio atual foi iniciado por Pierre Lescot e Jean Goujon e terminado em 1608 por Dupérec e Métezeur; transformou-se em museu em 1791, mas sua construção só foi completada sob (continua)

vel, com os braços cruzados e a cabeça curvada, que levantava de quando em quando para observar alternadamente o Palácio Consular e sua própria esposa, que se assentara a seu lado sobre uma pedra. Ainda que a desconhecida parecesse estar interessada somente na menina, que teria uns nove ou dez anos de idade e cujos longos cabelos negros segurava entre as mãos, como se estivesse a brincar com eles, ela não perdia nenhum dos olhares que seu companheiro lhe dirigia. Um mesmo sentimento, diferente do amor, unia aquelas duas pessoas e emprestava a mesma inquietação a todos os seus gestos e pensamentos. A miséria provavelmente é o mais poderoso de todos os laços. O estrangeiro possuía uma dessas cabeças cobertas de cabelos abundantes, grandes e de expressão grave, que são freqüentemente os modelos dos pincéis de um dos Carraches.[5] Os cabelos, que tinham sido muito negros, estavam agora misturados com uma grande quantidade de cabelos brancos. Ainda que nobres e ferozes, os traços de seu rosto eram prejudicados por uma expressão de dureza. Apesar de sua força aparente e de seu porte ereto, ele aparentava já ter mais de sessenta anos. Suas roupas puídas revelavam que ele vinha de um país estrangeiro. Mesmo que a figura da mulher, antigamente bela, mas agora

(continuação) Napoleão III. A Casa de Valois foi uma dinastia francesa que começou com Felipe VI em 1328 e terminou com Henrique III em 1589. (N. do T.).

[5] Forma francesa de Carracci, sobrenome de quatro pintores italianos: Ludovico (1555-1619) e seus três primos, Agostino (1557-1602), Annibale (1560-1609) e Francesco (1559-1622), fundadores de uma escola em Bolonha que formou grandes artistas durante o século XVII. (N. do T.)

um tanto sem viço, revelasse uma tristeza profunda, ela se esforçava por sorrir, mostrando um rosto calmo cada vez que o marido a olhava. A garotinha permanecia em pé, apesar da fadiga cujos sinais marcavam seu jovem rosto queimado de sol. Ela tinha um jeito de italiana, grandes olhos negros debaixo de sobrancelhas bem arqueadas, uma nobreza natural e uma verdadeira graça. Mais de um transeunte olhava admirado e comovido pelo aspecto simples e necessitado daquele grupo, cujos personagens não faziam o menor esforço para esconder um desespero tão profundo que se mostrava claramente em suas expressões. Mas a fonte da bondade fugidia que caracteriza os parisienses se esgotava de imediato. Tão logo o desconhecido percebia ser objeto da atenção de qualquer transeunte, encarava-o com um ar tão feroz que o desocupado mais corajoso apressava o passo como se tivesse pisado em uma serpente. Depois de permanecer indeciso por um longo tempo, subitamente o grande estrangeiro passou a mão pela testa, como se estivesse afastando dela, por assim dizer, os pensamentos que a haviam sulcado de rugas; então tomou uma decisão sem dúvida desesperada. Depois de lançar um olhar perscrutador sobre sua mulher e sua filha, ele tirou de algum lugar em suas roupas um longo punhal, estendeu à sua companheira e disse a ela, em italiano:

– Vou descobrir se os Bonaparte ainda se recordam de nós.

Caminhou então, com passo lento, mas seguro, até a entrada do palácio, onde foi naturalmente detido por um soldado da guarda consular, com o qual ficou discutindo, mas não por muito tempo. Ao perceber a teimosia do desconhecido, a sentinela apontou-lhe a baioneta, como se fosse um ultimato. Por acaso era justamente a hora em que o soldado deveria ser rendido em seu posto, e o cabo indicou autoritariamente ao estrangeiro o lugar onde estava o comandante do posto da guarda.

– Comunique a Bonaparte que Bartholoméo di Piombo[6] quer falar com ele – disse o italiano ao capitão que estava de serviço.

Este oficial explicou claramente a Bartholoméo que ninguém era levado à presença do primeiro-cônsul sem que primeiro lhe tivesse pedido uma audiência por escrito; o estrangeiro insistiu com veemência que o militar deveria ir imediatamente avisar Bonaparte. O oficial objetou explicando os preceitos do protocolo e recusou-se formalmente a obedecer à ordem daquele visitante tão singular. Bartholoméo franziu as sobrancelhas e lançou sobre o oficial um olhar tão terrível que parecia torná-lo responsável por qualquer desgraça que resultasse daquela recusa; depois ficou em silêncio, cruzou os braços bem apertados sobre o peito e foi se colocar sob o pórtico que serve de comunicação entre o pátio externo e o jardim das Tuileries. As pessoas que desejam intensamente alguma coisa são quase sempre bem atendidas pelo destino. No momento em que Bartholoméo di Piombo se sentou sobre um dos muros baixos que demarcavam a entrada das Tuileries, chegou uma viatura, da qual desceu Lucien Bonaparte, na época ministro do Interior.

---

[6] Todos os Piombo são personagens fictícios de *A comédia humana*. O nome Bartholoméo é uma versão balzaquiana da forma italiana Bartolomeo, por analogia com o francês Barthélemy. (N. do T.)

– Ah, Loucian,[7] que sorte eu tive de te encontrar! – exclamou o estrangeiro.

Essas palavras, pronunciadas em dialeto corso, fizeram com que Lucien estacasse no momento exato em que ia passar por debaixo do arco da entrada: olhou para seu compatriota e o reconheceu. Assim que Bartholoméo lhe disse uma palavra ao ouvido, ele levou o corso consigo. Murat, Lannes e Rapp[8] encontravam-se no gabinete do primeiro-cônsul. Ao verem entrar Lucien, seguido de um homem tão extraordinário como era Piombo, a conversação cessou. Lucien segurou a mão de Napoleão e levou-o até o vão da janela. Depois de trocar algumas palavras com seu irmão, o primeiro-cônsul fez um gesto com a mão, ao qual obedeceram Murat e Lannes, saindo imediatamente; Rapp fez de conta que não vira nada, com a intenção de permanecer na sala. Bonaparte deu-lhe uma ordem direta, e o ajudante-de-ordens saiu, demonstrando claramente sua má vontade. O primeiro-cônsul, que ficara escutando o ruído dos passos de Rapp no salão vizinho, saiu bruscamente e encontrou-o junto à parede que separava o gabinete do salão.

– Você ainda não compreendeu minha ordem? – interpelou-o o primeiro-cônsul. – Preciso ficar sozinho com meu compatriota.

– É um corso – respondeu o ajudante-de-ordens. – Eu não confio nessa gente e não quero deixar o senhor...

---

[7] Luciano Brutus Bonaparte, chamado Lucien (1775-1840), irmão do imperador. A forma *Loucian* é uma versão de Balzac. (N. do T.)

[8] Joachim Murat (1767-1815), príncipe de Ponte-Corvo, marechal de França; Jean Lannes, duque de Montebello (1769-1809), marechal de França; Jean, conde Rapp (1771-1821), general francês, ajudante-de-ordens de Napoleão. (N. do T.)

O primeiro-cônsul não pôde evitar um sorriso e colocou as mãos sobre os ombros de seu fiel oficial, empurrando-o delicadamente.

– Muito bem, o que veio fazer aqui, meu caro Bartholoméo? – perguntou o primeiro-cônsul a Piombo.

– Venho pedir asilo e proteção, se é que você ainda é um verdadeiro corso – respondeu Bartholoméo em um tom brusco.

– Mas que infelicidade conseguiu expulsá-lo de nossa terra? Em nossa aldeia você era o mais rico, o mais...

– Eu matei todos os Porta[9] – replicou o corso, com voz profunda, ao mesmo tempo que franzia as sobrancelhas ameaçadoramente.

O primeiro-cônsul ficou tão surpreso que recuou dois passos.

– Você vai me trair? – exclamou Bartholoméo, lançando um olhar sombrio sobre Bonaparte. – Não sabe que ainda existem outros quatro Piombos na Córsega?

Lucien segurou firmemente o braço de seu compatriota:

– Mas então você veio aqui para ameaçar o salvador da França...? – protestou.

Bonaparte fez um sinal a Lucien, que se calou. Depois tornou a olhar para Piombo e indagou:

– Mas por que você matou os Porta?

– Nós tínhamos feito as pazes – respondeu o outro. – Foram os Barbante[10] que se esforçaram para

---

[9] A família Porta é fictícia. O massacre foi localizado por Balzac em 1799. (N. do T.)

[10] A família Barbanti ou Barbantini é fictícia. A forma *Barbante* do texto foi afrancesada pelo autor ou por um revisor. (N. do T.)

nos reconciliar. No dia seguinte àquele em que brindamos juntos para afogar nossa inimizade, eu saí de casa para resolver uns negócios em Bastia. Eles permaneceram em minha casa e, sem qualquer motivo, tocaram fogo em minha parreira de Longone. Depois, mataram meu filho Gregório.[11] Minha filha Ginevra e minha mulher conseguiram escapar. Elas tinham comungado de manhã, foi a Virgem que as protegeu. Quando voltei, era noite, e não encontrei mais minha casa: onde fui procurá-la, só esfreguei os pés em suas cinzas. De repente, deparei com o corpo de Gregório, que reconheci à luz da lua. "Ah, foram os Porta que o mataram!" – foi o que pensei na mesma hora. Fui imediatamente até o *maquis*[12], você sabe onde, reuni alguns homens a quem havia prestado alguns serviços, entende, Bonaparte? Caminhamos rapidamente até os vinhedos dos Porta. Chegamos às cinco da manhã, e, às sete, todos eles já estavam sendo julgados por Deus. Giacomo anda dizendo que Elisa Vanni[13] salvou um garotinho, o pequeno Luigi, mas eu mesmo o tinha amarrado na cama, antes de pôr fogo na casa. Deixei a ilha com minha mulher e minha filha, sem ter tido tempo para verificar se Luigi Porta estava vivo ou não.

---

[11] No original, *Grégorio,* por analogia com o francês *Grégoire.* A acentuação daria margem a confusão. Este personagem fictício teria sido morto em 1799. Mais adiante, o barão Piombo se refere "aos irmãos" de Ginevra mortos pelos Porta, evento que se presume tenha ocorrido antes. (N. do T.)

[12] Conjunto de arbustos e plantas diversas característico dos bosques da Córsega, usado como refúgio pelos marginais. (N. do E.)

[13] Giacomo é um camponês e Elisa Vanni uma vizinha da família Porta, ambos personagens fictícios de *A comédia humana.* (N. do T.)

Bonaparte contemplou Bartholoméo com curiosidade, mas sem qualquer traço de espanto.

– Quantos eram? – quis saber Lucien.

– Os Porta? Eram sete – respondeu Piombo, acrescentando: – Eles também perseguiram a família de vocês alguns anos atrás.

Estas palavras não despertaram qualquer expressão de ódio nos dois irmãos.

– Ah, mas vocês não são mais corsos!... – gritou Bartholoméo, com um tom de desespero no rosto e na voz. – Adeus, então. Antigamente, eu protegi vocês – acrescentou em tom de reprovação. – Sem mim, a sua mãe não teria chegado a Marselha – disse depois, dirigindo-se diretamente a Bonaparte, que havia ficado pensativo, com o cotovelo apoiado no tampo da lareira.

– Para falar francamente, Piombo – respondeu Napoleão –, não posso conservá-lo diretamente sob minha proteção. Tornei-me o chefe de uma grande nação, comando esta república e sou obrigado a cumprir suas leis.

– Aha! – exclamou Bartholoméo.

– Todavia, posso fechar os olhos – continuou Bonaparte. – Esse costume da *vendeta*[14] é um preconceito que ainda vai impedir por muito tempo a aplicação das leis na Córsega – acrescentou em voz mais baixa, como se estivesse falando consigo mesmo. – Não obstante, é necessário acabar com ele, custe o que custar.

---

[14] Sentimento de hostilidade e vingança entre famílias e clãs rivais, desencadeando assassinatos e atos de vingança mútua durante anos ou gerações, sobretudo na Córsega e na Itália. (N. do E.)

Bonaparte permaneceu silencioso por alguns momentos, enquanto Lucien fazia um sinal a Piombo para não dizer mais nada. Mas o corso já estava sacudindo a cabeça para a direita e para a esquerda em negativa, demonstrando claramente sua discordância.

– Você vai ficar morando aqui – decidiu-se o cônsul, falando diretamente a Bartholoméo. – Vamos fazer de conta que não sabemos de nada. Vou encarregar um procurador de comprar as suas propriedades, a fim de lhe garantir o sustento durante os primeiros meses. Depois que algum tempo tiver passado, pensemos em uma solução melhor. Mas chega de *vendeta!* Por aqui não existe o *maquis.* Se você começar a brandir o punhal por estas bandas, não deverá esperar por qualquer misericórdia. Aqui a lei se destina a proteger todos os cidadãos e ninguém tem o direito de fazer justiça por suas próprias mãos.

– Esse aí virou o chefe de um país muito estranho – respondeu Bartholoméo, pegando a mão de Lucien e apertando-a com firmeza. – Mas vocês estão me reconhecendo em minha infelicidade, e, daqui para frente, isto vai valer para a vida e para a morte. Podem contar com todos os Piombo.

Após dizer essas palavras, as rugas que haviam deixado marcada a testa do corso desapareceram, e ele olhou ao redor de si com satisfação.

– Vocês não se deram mal por aqui – comentou sorrindo, como se estivesse pretendendo alojar-se por ali mesmo. – E você está vestido todo de vermelho, que nem um cardeal...

– Só vai depender de você alcançar sucesso e até conseguir um palácio em Paris – disse Bonaparte, a fim de fechar a boca de seu compatriota. – Tenho certeza de que, no futuro, mais de uma vez terei de procurar com esforço, a fim de encontrar um amigo devotado em quem possa confiar.

Um suspiro de alegria saiu do vasto peito de Piombo, que estendeu a mão ao primeiro-cônsul e declarou:

– Eu me enganei: você ainda é um corso!...

Bonaparte sorriu. Contemplou silenciosamente aquele homem que, de certa maneira, trazia-lhe de volta o ar de sua terra natal, na qual recentemente fora salvo de maneira tão miraculosa do ódio do *Partido Inglês*[15] e que ele não chegaria a rever. Fez um sinal a seu irmão, que saiu, levando consigo Bartholoméo di Piombo. Lucien indagou com bastante interesse qual era a situação financeira do antigo protetor de sua família. Piombo puxou o ministro do Interior até uma janela, através da qual lhe mostrou sua esposa e Ginevra, sentadas juntas sobre uma pilha de pedras.

– Viemos os três de Fontainebleau até aqui a pé e não temos mais nem um centavo – informou.

Lucien entregou a seu compatriota a bolsa de dinheiro que trazia consigo e recomendou que viesse procurá-lo no dia seguinte, ocasião em que lhe daria uns conselhos sobre a melhor maneira de garantir o futuro de sua família. O valor total de todos os bens

---

[15] A ilha da Córsega pertencia à República de Gênova, que a cedeu a Luís XV em 1768. A antiga rivalidade com a Inglaterra levou este país a tentar evitar dita anexação, por meio de um levante entre os corsos, sem resultado; mas algumas famílias se posicionaram contra a França, querendo a independência da ilha e formando o *Partido Inglês*. (N. do T.)

que Piombo possuía na Córsega não seria suficiente para que pudesse viver dignamente em Paris.

Quinze anos se passaram desde a chegada da família Piombo em Paris e da aventura que se seguiu, a qual, sem a narrativa dos acontecimentos anteriores, teria sido menos compreensível.

Servin[16], um de nossos artistas mais destacados, foi o primeiro a ter a idéia de abrir uma escola para jovens de boa família que desejassem receber aulas de pintura. Na época com uns quarenta anos, de costumes puros e inteiramente dedicado à sua arte, ele havia casado por amor com a filha de um general sem fortuna. Inicialmente, foram as próprias mães que levaram as filhas à sua escola, porque elas conheciam muito bem os princípios que o norteavam e sabiam apreciar o cuidado com que ele se esforçava para merecer a confiança delas. Era plano do professor somente aceitar como alunas donzelas que pertencessem a famílias ricas ou, pelo menos, de boa reputação, a fim de não precisar ouvir críticas sobre a composição social de suas classes; ele se recusava até mesmo a aceitar as jovens que pretendessem seguir a carreira artística, às quais teria sido necessário que ele ministrasse alguns conhecimentos técnicos mais aprofundados, sem os quais não adianta ter talento para a pintura. Progressivamente, sua prudência e a superioridade com que ele iniciava as alunas nos segredos da arte, a certeza que tinham as mães de que suas filhas se achavam somente em companhia de outras jovens bem-educadas e a segurança que inspiravam o caráter, os costumes e o sólido casamento do artista lhe conquistaram uma excelente reputação

---

[16]Personagem fictício, que Balzac faz nascer em 1775. (N. do T.)

em todos os salões. Quando uma jovem mostrava desejo de aprender a pintar ou a desenhar, caso sua mãe pedisse conselho a alguém, a resposta de todos era: "Matricule a menina na escola do professor Servin!". Servin tornou-se assim um especialista em pintura feminina, do mesmo modo que Herbault era especialista em chapéus, Leroy em vestidos da moda e Chevet em doces, pastelarias e outros alimentos delicados[17]. Era do conhecimento geral que as jovens que tivessem tido lições com Servin estavam perfeitamente capacitadas a dar uma opinião definitiva sobre quadros expostos em museus, executar um retrato de qualidade superior, copiar uma tela ou pintar com originalidade um quadro de qualquer gênero. Aquele artista era portanto suficiente para atender a todas as necessidades da aristocracia. Apesar dos relacionamentos que mantinha com as melhores famílias de Paris, ele era independente, patriótico[18] e dirigia-se a todas as pessoas com o tom leve, espirituoso, algumas vezes irônico, com a liberdade de julgamento que caracteriza os pintores. Mesmo assim, ele havia estendido suas escrupulosas precauções até à disposição do lugar em que estudavam suas alunas. A entrada externa do depósito que anteriormente se localizava no sótão por cima de seu apartamento tinha sido murada. Para chegar a esse local, tão sagrado quanto um harém muçulmano,

[17] Jeanne-Françoise Deviot-Duval, chamada Madame Herbault (1782-1840), modista na rue Neuve-Saint-Augustin; Pierre-Auguste Leroy (1765-1840), comerciante de modas, estabelecido na Rue Richelieu com a firma Leroy et Cie.; Germain-Charles Chevet (?-1832), dono de restaurante, depois atacadista de comestíveis e bebidas finas. (N. do T.)

[18] Leia-se "republicano". (N. do T.)

era necessário subir por uma escada localizada em uma das dependências de sua própria moradia. O ateliê, que ocupava toda a extensão da casa, apresentava essas proporções enormes que surpreendem sempre os curiosos que, depois de subirem a uma altura de dezoito metros acima do pavimento, esperam ver os artistas alojados em um cubículo. Essa espécie de galeria era profusamente iluminada por imensas clarabóias de vidro e equipada com as grandes lonas verdes que os pintores utilizam para graduar a luz. Uma porção de esboços, representando cabeças em traços simples, ou utilizando cores ou gravadas a ponta de faca, tinha sido executada sobre as paredes pintadas de cinza-escuro, demonstrando que, salvo pela diferença das expressões, as jovens mais distintas trazem em seus espíritos tanta imaginação criadora quanto os homens podem expressar. Uma estufa pequena, da qual brotavam numerosos canos compridos que descreviam um ziguezague tão complicado antes de subirem para os pontos mais altos do teto que chegava a dar medo, era o único ornamento indispensável do ateliê. Uma prateleira estendia-se ao longo das paredes, sustentando modelos de gesso misturados confusamente, que refletiam a luz em suas figuras pálidas, na maior parte recobertas por uma poeira alourada. Por baixo dessa linha, aqui e ali, uma cabeça de Níobe[19] pendurada em um prego mostrava uma expressão de dor, uma Vênus sorria, uma mão apresentava-se subitamente aos olhos, como a de um mendigo pedindo esmola, depois algumas figuras anatômicas, amare-

[19] Rainha mitológica da Frígia, que Zeus transformou em pedra. (N. do T.)

ladas pela fumaça, pareciam membros recém-retirados de ataúdes; misturados a esses moldes, havia quadros, desenhos, manequins, molduras sem tela e telas sem moldura, que contribuíam para dar àquele recinto irregular o aspecto característico de um ateliê, cuja fisionomia abrange uma mistura singular de ornamentos e de nudez, de miséria e de riqueza, de cuidado e desatenção. O imenso ambiente, em que tudo parecia pequeno, até mesmo os seres humanos, lembrava os bastidores de um teatro de ópera: havia velhos lençóis de linho, armaduras douradas, retalhos de fazenda e até máquinas; mas também incluía alguma coisa grande e indefinida como o pensamento: ali se ombreavam o gênio e a morte; Diana e Apolo encontravam-se ao lado de crânios e esqueletos, o belo enfrentava a desordem, a poesia contrastava com a realidade, os mais ricos coloridos se ocultavam entre as sombras, freqüentemente ao lado de um drama real, mas igualmente imóvel e silencioso... O que melhor pode simbolizar a cabeça de um artista!?...

No momento em que começa esta história, o ateliê estava inundado pela luz brilhante do sol de julho, e dois raios atravessavam o salão de ponta a ponta, formando largas faixas diáfanas de ouro em que brilhavam grãos de poeira. Uma dúzia de cavaletes erguia suas flechas agudas, parecendo os mastros de barcos ancorados em um porto. Muitas jovens animavam essa cena com a variedade de suas fisionomias e atitudes, reforçada pela diversidade das roupas que vestiam. As fortes sombras projetadas pelas cortinas verdes, colocadas de acordo com a necessidade de cada cavalete, produziam uma multidão de contrastes e efeitos chocantes de claro-escuro. Era esse grupo que formava o mais belo de todos os quadros existentes no estúdio. Uma jovem loura e vestida com simplicidade mantinha-se longe de suas companheiras, trabalhando com um afinco que parecia pressentir a infelicidade; ninguém a olhava nem lhe dirigia a palavra. Ela era ao mesmo tempo a mais bela, a mais modesta e a menos rica. Dois grupos principais, separados um do outro por uma distância quase imperceptível, indicavam a presença de dois setores da sociedade, duas maneiras de pensar e de agir que se manifestavam até mesmo dentro daquela oficina de trabalho artístico, onde as condições sociais e a fortuna deveriam ser esquecidas. Sentadas ou de pé, as moças, cercadas por suas caixas de cores, brincando com seus pincéis ou já a prepará-los para o trabalho, colocando as tintas em suas paletas brilhantes, algumas já pintando suas telas, enquanto riam, falavam, cantavam e agiam com espontaneidade, cada uma delas deixando que seu caráter transparecesse naturalmente, formavam um espetáculo desconhecido dos homens. Uma era vaidosa e altiva, caprichosa, com cabelos negros e mãos bonitas, lançando casualmente ao redor a chama de seus olhares; outra era despreocupada e alegre, um sorriso nos lábios e cabelos castanhos, mãos brancas e delicadas, a típica garota francesa, sem profundidade nem dissimulações, vivendo um dia de cada vez; outra ainda era sonhadora e melancólica, pálida, inclinava a cabeça como uma flor murcha que cai ao chão; sua vizinha, ao contrário, era grande e indolente, langorosa como uma odalisca, olhos grandes, negros e líquidos, falava pouco, mas sonhava e contemplava disfarçadamente um busto de Antínoo[20]. No meio delas, como o *jocoso*, o bufão de uma peça do teatro espanhol, soltando piadas o tempo todo, troçando e fazendo trocadilhos, uma garota contemplava todas elas, abrangendo-as com um único golpe de vista, provocando risos constantes e levantando continuamente seu rosto esperto demais para não ser bonito; era ela que liderava o primeiro grupo de estudantes, composto por filhas de banqueiros, de notários e de comerciantes; todas eram ricas, mas mesmo assim tinham de suportar o desdém quase imperceptível com que eram tratadas pelas outras moças, que pertenciam às famílias da aristocracia. Estas eram comandadas pela filha do porteiro do gabinete do rei, uma criaturinha tão vaidosa quanto tola, cheia de orgulho por seu pai *possuir um cargo* na corte; ela procurava dar sempre a impressão de ter entendido as observações do professor desde o primeiro momento e portava-se como se lhe estivesse fazendo um favor por assistir às suas aulas. Ela usava um par de óculos preso ao nariz por uma mola, sempre chegava muito bem-vestida e sempre atrasada, pedindo a suas companheiras que falassem mais baixo.

Nesse segundo grupo, chamavam atenção os corpos deliciosamente bem-proporcionados e os rostos cheios de distinção; mas os olhares das jovens não demonstravam muita ingenuidade. Suas atitudes

---

[20] Antínoo (?-130 d.C.), jovem grego de grande beleza, favorito do imperador Adriano. (N. do T.)

eram elegantes, e os movimentos graciosos, mas os rostos não revelavam franqueza e era fácil adivinhar que elas pertenciam a um mundo em que a polidez molda desde cedo o caráter, em que o abuso das conveniências sociais mata os sentimentos e desenvolve o egoísmo. Para completar a descrição do grupo, encontravam-se entre elas semblantes ainda meio infantis, mocinhas de uma pureza encantadora, fisionomias cujas bocas ligeiramente entreabertas mostravam parcialmente os dentes muito brancos, sobre as quais perpassava ocasionalmente um sorriso virginal. O estúdio tão bem guardado não lembrava um serralho turco, mas parecia conter um grupo de anjos sentados sobre as nuvens do céu.

Ao meio-dia, Servin ainda não havia aparecido. Já fazia alguns dias que ele passava a maior parte do tempo em seu ateliê particular, localizado em outro lugar e no qual estava finalizando um quadro para a exposição. Subitamente, depois que *mademoiselle* Amélie Thirion[21], a chefe do partido aristocrático daquela pequena assembléia, havia conversado por um longo tempo com sua vizinha, fez-se um grande silêncio no grupo das patrícias; espantado, o partido dos banqueiros também se calou e procurou adivinhar o motivo da longa conferência; mas o segredo das jovens da nobreza ultra-realista logo foi revelado.[22] Amélie levantou-se, pegou um cavalete sem uso que

---

[21] Personagem fictícia de *A comédia humana*. (N. do T.)

[22] Os descendentes da aristocracia francesa expulsa ou massacrada pela Revolução de 1789, retornados com Louis XVIII depois com Louis Phillipe, e ferrenhos opositores do regime republicano e do bonapartismo. (N. do T.)

estava perto dela e recolocou-o a uma distância bastante grande do grupo das nobres, perto de um tabique grosseiro que separava o estúdio de uma repartição escura em que se guardavam os gessos quebrados, as telas condenadas pelo professor e a pilha de lenha para a estufa durante os meses de inverno. A iniciativa de Amélie provocou um murmúrio de surpresa, que não a impediu de completar a ação de despejo, transportando rapidamente a caixa de cores e a banqueta e até mesmo um quadro de Prudhon[23] que sua companheira ausente estava copiando. Depois daquele golpe de estado, a bancada da direita começou a trabalhar silenciosamente, enquanto o partido da esquerda iniciava uma longa série de cochichos.

– Mas o que vai dizer *mademoiselle* Piombo? – perguntou uma jovem a *mademoiselle* Mathilde Roguin,[24] o oráculo malicioso do primeiro grupo.

– Ela não é uma jovem muito falante – respondeu a outra. – Mas acho que daqui a cinqüenta anos ela ainda vai se lembrar desta ofensa como se tivesse sido insultada na véspera; acho também que vai saber se vingar com a maior crueldade. Essa é uma pessoa com quem eu acharia melhor não me indispor...

– Essas demonstrações de desprezo com que a excluem estas meninas é ainda mais injusta – disse uma outra garota –, pois anteontem *Mlle.* Ginevra estava muito triste. O pai dela, segundo me disseram, acabou de pedir demissão. Isto vai aumentar mais ainda sua infelicidade e seu rancor, porque ela demonstrou

---

[23] Pierre-Paul Prud'hon (1758-1821), *Prudhon* nos textos de Balzac, retratista e pintor de grandes quadros históricos. (N. do T.)

[24] Personagem fictícia de *A comédia humana.* (N. do T.)

muita bondade para com essas "senhoritas" durante os Cem Dias...[25] Por acaso alguma de vocês a ouviu pronunciar uma única palavra que pudesse feri-las? Muito pelo contrário, nessa época em que seu pai estava por cima, ela até evitava falar em política. Mas estas nossas colegas ultra-realistas parecem agir mais por ciúmes que por qualquer espírito partidário.

– Estou com vontade de ir buscar o cavalete de *mademoiselle* Piombo e colocá-lo do lado do meu – disse Mathilde Roguin. Chegou a levantar-se, mas refletiu melhor e sentou-se de novo. – Com uma personalidade como a da *Mlle.* Ginevra – disse ela – não dá para saber de que forma ela vai encarar uma demonstração de gentileza. Acho melhor esperar para ver o que acontece...

– *Ecco la...*[26] – disse languidamente a jovem de olhos negros.

Com efeito, o ruído dos passos de uma pessoa subindo as escadas ecoou dentro da sala. A mesma expressão: "*É ela!*" foi passando de boca em boca, mas a seguir o silêncio mais profundo instalou-se no ateliê.

Para compreender a importância do ostracismo iniciado por Amélie Thirion, é necessário acrescentar que esta cena se passava no final do mês de julho de 1815. O segundo retorno dos Bourbons acabara por

[25] O período entre o retorno de Napoleão da ilha de Elba (no Mediterrâneo), em março de 1815, e sua abdicação definitiva a 18 de julho daquele ano, quando foi desterrado para a ilha de Santa Helena, no oceano Atlântico, ao largo da África, onde morreu, em 1821. (N. do T.)

[26] "Aí está ela!..." Literalmente, "ei-la!...". Em italiano no original. (N. do T.)

prejudicar muitas amizades que haviam resistido ao movimento da Primeira Restauração. Era um momento em que quase todas as famílias apresentavam opiniões divididas e repetiam muitas dessas cenas deploráveis que conspurcam a história de todos os países em períodos de guerras civis ou religiosas. As crianças, as mocinhas e os velhos compartilhavam da febre monárquica que dominava o governo. A discórdia penetrava sub-reptícia por baixo de todos os telhados, e as desavenças tingiam de cores sombrias as ações e as conversas mais íntimas. Ginevra Piombo amava Napoleão com idolatria – e como poderia odiá-lo? O imperador, além de ser seu compatriota, era o benfeitor de seu pai. O barão de Piombo era um dos seguidores de Napoleão que colaborara com maior eficácia quando do retorno da ilha de Elba. Incapaz de renegar sua fé política, até mesmo disposto a proclamá-la, o velho barão de Piombo permanecera em Paris no meio de seus inimigos. A própria Ginevra Piombo poderia ser perfeitamente colocada na lista das pessoas suspeitas, porque ela não fazia o menor mistério da tristeza que a Segunda Restauração causava a sua família. Talvez as únicas lágrimas que ela havia derramado em sua vida até então lhe houvessem sido arrancadas pela dupla notícia do cativeiro de Bonaparte no *Bellérophon* e da prisão de Labédoyère.[27]

As jovens que compunham o grupo das aristocratas pertenciam às famílias monarquistas parisienses

---

[27] O *Bellérophon* era o navio britânico em que Napoleão foi aprisionado. Charles-Angélique-François Huchet, conde de La Bédoyère (1786-1815), general francês fuzilado após os Cem Dias pelas tropas realistas, era chamado de *Labédoyère* por Balzac. (N. do T.)

mais exaltadas em seu realismo. Seria difícil dar uma idéia dos exageros daquela época e do horror que então causavam os bonapartistas. Por mesquinha e insignificante que pudesse parecer hoje em dia a iniciativa de Amélie Thirion, era então uma expressão de ódio perfeitamente natural. Ginevra Piombo, uma das primeiras estudantes de Servin, ocupava o lugar que queriam tirar dela desde o dia em que chegara ao estúdio; o grupo aristocrático a havia cercado imperceptivelmente; expulsá-la de um lugar que de certo modo lhe pertencia significava não somente um insulto, mas se destinava a lhe causar uma espécie de dor: sim, porque todos os artistas têm um lugar preferido para seu trabalho. Mas a rivalidade política talvez significasse muito pouco na motivação da conduta daquela pequena Ala Direita do ateliê. O fato é que Ginevra Piombo, a melhor aluna de Servin, era o alvo de uma profunda ciumeira: o mestre manifestava grande admiração tanto pelo talento quanto pelo caráter da aluna favorita, que servia como termo de comparação para todas as colegas; ademais, sem que fosse possível explicar o domínio que a jovem obtinha sobre tudo que a rodeava, ela exercia sobre seu pequeno mundo um prestígio quase semelhante ao manifestado por Bonaparte sobre seus soldados. Já fazia bastante tempo que a aristocracia do estúdio se havia decidido a derrubar essa rainha; mas ninguém tinha ousado ainda rejeitar abertamente a bonapartista; enfim *mademoiselle* Thirion se havia decidido a dar o golpe decisivo em sua ausência, a fim de obrigar suas companheiras a serem cúmplices de seu ódio. Ainda que duas ou três das realistas gostassem sinceramente de Ginevra, todas elas estavam comprometidas com as opiniões paternas no que se referia à política e, desse modo, julgaram, com o tipo de tato que é apresentado particularmente pelas mulheres, que o melhor que tinham a fazer era permanecer indiferentes à querela. Assim, quando Ginevra chegou, foi acolhida por um profundo silêncio. Dentre todas as jovens que até então haviam freqüentado o ateliê de Servin, ela era a mais bela, a mais alta e a mais bem-feita de corpo. Seu andar possuía uma característica de nobreza e de graça que exigia respeito. Seu rosto claramente inteligente parecia reluzir, demonstrando aquela animação particular dos corsos que não exclui absolutamente a calma. Seus longos cabelos, seus olhos e cílios negros expressavam emoções apaixonadas. Talvez os cantos de sua boca não fossem perfeitamente definidos, enquanto seus lábios podiam ser um tanto enérgicos demais, mas o conjunto refletia a bondade que manifestam os seres fortes que têm consciência de sua força. Por um singular capricho da natureza, o encanto de seu rosto era de certo modo contrariado por uma testa que parecia feita de mármore, em que se refletia uma ferocidade quase selvagem e na qual se pressentiam os velhos costumes da Córsega. Esse era o único liame que permanecia entre ela e sua terra natal: em todo o restante de sua pessoa havia uma simplicidade e um traço desse abandono que é apresentado pelas belezas lombardas e que seduzia tão profundamente que era preciso que alguém fosse incapaz de vê-los para se dispor a lhe causar o menor desgosto. Ela inspirava uma atração tão evidente que, por prudência, seu velho pai a mandava acompanhar por todo o caminho, até a entrada do ateliê. O único defeito daquela criatura verdadeiramente poética derivava da própria pujança de uma beleza que se desenvolvera tanto: ela era claramente uma mulher. Até então ela se recusara a casar, por amor a seu pai e sua mãe e porque sentia que sua companhia lhes era necessária em sua velhice. Seu gosto pela pintura havia tomado o lugar das emoções que em geral manifestam as mulheres.

– Mas como vocês estão silenciosas hoje, meninas... – disse ela, depois de ter dado dois ou três passos no meio de suas companheiras. – Bom dia, Laurinha querida – acrescentou em tom doce e carinhoso ao se aproximar daquela garota loura que pintava longe das outras. – Essa cabeça está ficando muito boa! Acho que a pele está um pouco rosada demais, mas o conjunto está maravilhosamente desenhado...

Laure ergueu a cabeça, olhou para Ginevra com um ar terno, e ambos os rostos logo se abriram em sorrisos para expressar o mesmo afeto. Apenas um leve sorriso permanecia nos lábios da italiana[28], que parecia sonhadora enquanto se dirigia lentamente para seu lugar costumeiro, olhando sem grande atenção para os desenhos ou óleos, desejando um bom-dia a cada uma das adolescentes do primeiro grupo, sem se dar conta de que sua presença estava causando uma excitação incomum. Dava a impressão de uma rainha entrando em sua corte. Ela não deu a menor atenção ao profundo silêncio que dominava as patrícias e passou por trás do grupo sem pronun-

[28] Várias vezes Balzac refere-se à personagem, nascida na Córsega, como italiana, apesar de a ilha ter sido vendida à França após anos de guerra, em 1768. (N. do E.)

ciar uma única palavra. Estava tão preocupada que se sentou diante de seu cavalete, abriu a caixa de cores, pegou seus pincéis, enfiou as mangas postiças de tecido marrom para proteger seu vestido, colocou o avental, observou sua pintura inacabada por um momento e examinou as tintas espalhadas sobre a paleta sem aparentemente sequer pensar no que fazia. Todas as cabeças do grupo das burguesas se haviam virado em sua direção. Se as jovens do "Partido Thirion" não a contemplavam com tanta franqueza e impaciência como suas colegas, mesmo assim todos os seus olhares se dirigiam de viés para Ginevra.

– Ela nem percebeu nada... – disse baixinho *Mlle.* Roguin.

Nesse momento, Ginevra abandonou a atitude meditativa com que estivera contemplando sua tela e virou o rosto para o grupo aristocrático. Ela mediu com um único olhar a distância que a separava delas, mas não disse uma palavra.

– Ela não se deu conta de que queriam insultá-la – cochichou Mathilde. – Ela não empalideceu, nem ficou corada. Só imaginem como essas "senhoritas" vão ficar sem graça se ela achar o novo lugar melhor que o antigo!...

Então ergueu a voz e dirigiu-se diretamente a Ginevra:

– Você está fora da fila, *mademoiselle*...

A italiana fingiu que não tinha ouvido ou talvez não tivesse escutado mesmo. Ergueu-se bruscamente, contemplou com uma certa lentidão o tabique que separava o quartinho escuro do restante do estúdio, depois pareceu examinar a clarabóia por onde entrava a luz do dia, demonstrando dar tanta importância a essa iluminação que subiu em uma cadeira para prender bem mais alto a cortina de sarja verde que interceptava parcialmente os raios solares. Porém, ao chegar a essa altura, ela alcançou uma fenda bem estreita que havia na divisória e que era o verdadeiro objetivo de seu esforço, porque o olhar que lançou através dela só se poderia comparar ao de um avarento que havia descoberto o tesouro de Aladim; ela desceu depressa da cadeira, voltou a seu lugar, reajustou o quadro no cavalete, fingiu estar descontente com a luz, encostou no tabique uma mesa, colocou a cadeira em cima dela, subiu agilmente em seu andaime improvisado e olhou de novo através da fresta. Bastou lançar um golpe de vista para dentro do quartinho, agora parcialmente iluminado pela luz indireta da clarabóia que ela havia descoberto, para perceber lá dentro alguma coisa que lhe produziu tal sensação que ela chegou a estremecer visivelmente.

– Você vai cair, *mademoiselle* Ginevra! – gritou Laure.

Todas as garotas ficaram de olhos grudados na imprudente, enquanto ela oscilava. O próprio medo de que suas companheiras chegassem até junto dela para ajudá-la lhe deu coragem, e ela logo recuperou as forças e o equilíbrio: virou-se para Laure, começou a se requebrar em cima da cadeira e disse com entusiasmo disfarçado em troça:

– Ora! Está mais firme que um trono!...

Prendeu firmemente a cortina no alto, como se fosse sua intenção, desceu, recolocou a mesa e a cadeira bem longe da divisória, retornou a seu cavalete e fingiu ainda estar procurando o ângulo certo para receber a quantidade de luz que melhor lhe convinha. Mas seu quadro não lhe despertava o menor interesse, o que ela queria mesmo era aproximar-se ainda mais do quartinho negro, acabando por se colocar exatamente onde queria, bem ao lado da porta. A seguir, ela começou a passar as tintas para a paleta, mantendo o mais profundo silêncio. Naquele local, ela escutava muito mais claramente o leve ruído que havia excitado tão profundamente sua curiosidade na véspera e feito sua imaginação de jovem passar em revista o vasto catálogo das conjecturas. Ela reconhecia facilmente a respiração forte e regular do homem adormecido que acabara de enxergar lá dentro. Sua curiosidade estava satisfeita muito além do que esperava, mas se acreditava agora investida de uma tremenda responsabilidade. Através da fresta, ela entrevira a águia imperial e, sobre um catre improvisado, a figura de um jovem oficial da Guarda. Imediatamente, ela adivinhara: Servin escondia um fugitivo da justiça real. O que ela agora mais temia era que uma de suas colegas viesse olhar o que ela estava pintando e escutasse a respiração daquele infeliz ou algum suspiro mais forte, como o som que chegara a seus ouvidos durante a aula anterior. Todavia, decidiu-se a permanecer junto da porta, acreditando que, se ficasse ali de sentinela, a possibilidade de que alguém mais o descobrisse diminuiria bastante.

"É melhor que eu fique por aqui mesmo", pensou ela, "para evitar que algum acidente sinistro faça com que esse pobre prisioneiro seja descoberto..." Esse era o motivo da indiferença aparente que Ginevra havia mostrado ao descobrir que seu cavalete tinha sido empurrado para um lado; de fato, ela ficara encantada com a oportunidade de satisfazer sua curiosidade de maneira tão natural; além disso, naquele momento ela estava preocupada demais para tentar descobrir a razão de seu afastamento. Não existe nada mais mortificante para um bando de moças maldosas, como de resto para todo o mundo, do que perceber que uma picuinha, um insulto ou um gracejo de mau gosto não fizeram o menor efeito sobre a vítima pretendida que, muito pelo contrário, mostra a maior indiferença. Segundo parece, o ódio contra um inimigo aumenta quanto mais ele demonstra estar acima de nosso rancor. A conduta de Ginevra pareceu um verdadeiro enigma para todas as suas colegas. Tanto suas amigas como suas inimigas ficaram de igual modo surpresas; porque aceitavam que ela tivesse todas as qualidades possíveis, exceto a capacidade de perdoar a seus inimigos. Ainda que ocasiões para demonstrar esse vício de caráter tivessem raramente aparecido para Ginevra durante sua permanência no ateliê, os exemplos que ela dera anteriormente sobre sua natureza vingativa e sua firmeza em cobrar sempre uma retribuição por qualquer ofensa já haviam deixado uma impressão profunda no espírito de suas companheiras. Depois de uma série de conjecturas, *Mlle.* Roguin acabou por atribuir o silêncio da italiana a uma grandeza de alma muito acima de qualquer elogio possível; mas o seu círculo, inspirado por ela, firmou o propósito de humilhar a aristocracia do estúdio de qualquer maneira que estivesse a seu alcance. E logo atingiram esse objetivo por meio de uma chuva de sarcasmos que acabou por abater o orgulho da Ala Direita. A chegada de madame Servin colocou um ponto final naquela guerra de vaidade e autoestima. Com a percepção aguda que sempre acompanha a mesquinharia, Amélie havia observado, analisado e comentado sobre qual seria a prodigiosa preocupação que impedia Ginevra de escutar a disputa acerbamente polida de que fora a causa inicial. A vingança que *Mlle.* Roguin e suas companheiras estavam cobrando de *Mlle.* Thirion e seu grupo provocou então o fatal efeito de fazer as jovens ultra-realistas começarem a se indagar sobre qual seria a causa do silêncio mantido por Ginevra di Piombo. A bela italiana tornou-se o centro de todos os olhares, espionada tanto por suas amigas como por sua inimigas. É muito difícil esconder a menor emoção ou o mais leve sentimento de quinze jovens curiosas e desocupadas, cuja malícia e bisbilhotice só desejam adivinhar segredos ou criar intrigas para alimentar falatórios e que sabem encontrar um mundo de interpretações diversas para um gesto, um olhar ou uma palavra, até que acabam por descobrir seu verdadeiro significado. Desse modo, o segredo de Ginevra di Piombo logo corria perigo de ser descoberto. Naquele momento, a presença de madame Servin deu início a um entreato no drama que se representava surdamente no fundo daqueles jovens corações e cujas emoções, pensamentos e progresso vinham sendo expressados por meio de frases quase alegóricas, olhares maliciosos, gestos cheios de significado e até pelo próprio silêncio, que tantas vezes é mais inteligível que as próprias palavras. Assim que madame Servin entrou no estúdio, sua vista se prendeu na porta junto à qual se achava Ginevra. Dentro das circunstâncias reinantes, o olhar não passou despercebido. Se inicialmente nenhuma das alunas prestou atenção no foco desse relance, mais tarde *Mlle.* Thirion se recordou dele, revelando o desafio, o medo e o mistério que havia percebido e que haviam dado naquele momento um certo ar de ferocidade aos olhos de madame Servin.

– Senhoritas – disse ela –, *monsieur* Servin não poderá vir hoje.

A seguir, ela cumprimentou pessoalmente cada uma das meninas, recebendo de todas a profusão de carícias femininas que se manifestam tanto através da voz e dos olhares como diretamente por meio dos gestos. Rapidamente, ela chegou até onde se achava Ginevra, cheia de uma inquietação mal disfarçada. A italiana e a esposa do pintor cumprimentaram-se amigavelmente com uma pequena curvatura de cabeça e ficaram ambas em silêncio, uma pintando e a outra olhando a primeira pintar. A respiração do militar se escutava facilmente, porém madame Servin parecia não perceber nada; e sua dissimulação era tão grande que Ginevra logo imaginou que sua surdez era voluntária. Nesse instante, o desconhecido remexeu-se no leito. A italiana olhou fixamente para madame Servin, que lhe declarou então, sem que a menor alteração lhe modificasse o rosto:

– Sua cópia está tão bonita quanto o original. Se tivesse de escolher entre as duas, eu passaria por uma grande dificuldade...

“O professor Servin não colocou sua esposa a par deste mistério...” Pelo menos foi isso que pensou Ginevra, que, depois de ter respondido ao elogio da jovem senhora com um breve sorriso de incredulidade, começou a cantarolar uma *canzonetta* de sua terra natal para disfarçar os ruídos que o prisioneiro poderia fazer a seguir.

Escutar uma canção dos lábios da italiana tão compenetrada era uma coisa tão fora do comum que todas as garotas viraram os rostos em sua direção, tomadas de surpresa. Mais tarde, essa circunstância serviu de prova para as caridosas suposições provocadas pelo ódio. Madame Servin foi embora em seguida, e a aula terminou sem outros acontecimentos. Ginevra deixou partirem todas as suas colegas, dando a impressão de que pretendia trabalhar em sua tela ainda por um bom pedaço de tempo. Entretanto, contra sua vontade, traiu seu desejo de ficar sozinha pois, à medida que as estudantes se preparavam para sair, ela lhes lançava olhares de impaciência mal disfarçada. *Mademoiselle* Thirion, que durante as últimas horas se transformara na mais cruel das inimigas daquela jovem que a superava em tudo e que tanto invejava, adivinhou facilmente, por inspiração de seu rancor, que a falsa aplicação de sua rival escondia um mistério. Mais de uma vez ela havia percebido que Ginevra parecia estar escutando atentamente algum ruído que ninguém mais ouvia. A última expressão que ela descobriu nos olhos da italiana foi para ela como um raio de luz. Ela deu um jeito para ser a última de todas as alunas a sair e desceu as escadas que levavam à casa de madame Servin, com quem conversou um pouco; depois fingiu que havia esquecido a bolsa, subiu as escadas novamente, sem fazer o menor barulho, e descobriu Ginevra trepada em seu andaime improvisado e tão absorta na contemplação do militar desconhecido que sequer escutou o leve ruído que produziam os passos de sua colega. É verdade que, para usar a expressão de *Sir* Walter Scott,[29] Amélie parecia estar pisando em ovos: ela retornou rapidamente até a porta do estúdio e tossiu. Ginevra estremeceu, virou a cabeça, viu sua inimiga parada lá, enrubesceu e rapidamente soltou o cortinado para fingir que outras eram suas intenções, arrumou sua caixa de tintas e desceu as escadas logo atrás da outra. Saiu do estúdio trazendo gravada em sua mente a imagem de uma cabeça de homem cujas feições eram tão graciosas quanto as de Endimião, como fora representado na obra-prima de Girodet,[30] que ela havia copiado apenas alguns dias antes.

– Um homem tão jovem e já é um proscrito!... Mas quem poderia ser? É claro que não é o marechal Ney!...[31]

Essas duas frases são a expressão mais simples de todas as idéias desencontradas que passaram pela cabeça de Ginevra durante os dois dias que se seguiram. Um dia depois do seguinte, apesar de seu esfor-

---

[29] *Sir* Walter Scott (1771-1832), escritor escocês. (N. do T.)

[30] Endimião é um personagem mitológico de grande beleza, um pastor por quem Selene, deusa da Lua, apaixonou-se. Ela o contemplava todas as noites enquanto ele dormia. A deusa conseguiu de Zeus a graça de que o rapaz conservasse eternamente sua beleza, ainda que mergulhado em um sono eterno. Anne-Louis Girodet de Roucy, chamado Girodet-Trioson (1767-1824), foi pintor neoclássico francês. (N. do T.)

[31] Michel Ney, duque de Elchingen, príncipe de Moscovie (1769-1815), chamado "O Bravo entre os Bravos", marechal de França, fuzilado após os Cem Dias. (N. do T.)

ço para ser a primeira a chegar no estúdio, já encontrou lá *mademoiselle* Thirion, que pedira para ser levada de carruagem. Ginevra e sua inimiga ficaram a observar-se durante um longo tempo, mostrando uma para a outra rostos impenetráveis, sem deixar transparecer a mínima emoção. De fato, Amélie tinha divisado o semblante encantador do desconhecido; mas por sorte, ou talvez por azar, as águias do uniforme não estavam mais visíveis através do espaço exíguo que a fenda no tabique permitia observar, o que significava que ela se perdia em conjecturas de todo o tipo. Subitamente, Servin chegou, muito mais cedo que de costume.

– *Mademoiselle* Ginevra – disse ele, logo após lançar um olhar que captara todos os detalhes do estúdio –, por que se mudou para aí? O dia hoje está ruim para pintar: temos pouca luz. Por favor, aproxime-se das outras senhoritas e desça um pouco seu cortinado.

A seguir, certo de que seria obedecido, sentou-se junto de Laure, cujo trabalho mereceu suas correções mais benévolas.

– Pois então! – exclamou bem alto. – Temos aqui uma cabeça executada de forma soberba! Logo você será uma segunda Ginevra...

O mestre foi indo de cavalete em cavalete, resmungando, elogiando, brincando, de tal modo que, como sempre, fazia as garotas temerem muito mais seus gracejos que suas repreensões. Todavia, a italiana não havia obedecido às recomendações de seu professor e permanecia em seu posto de sentinela com a firme intenção de não se apartar dele. Ela colocou uma folha de papel de desenho sobre o cavalete e começou a esboçar em tinta sépia a cabeça do pobre recluso. Uma obra concebida sob a influência de uma forte emoção apresenta sempre uma característica altamente pessoal. A faculdade de imprimir sua personalidade sobre as reproduções pictóricas da natureza e do pensamento por meio do emprego de cores variadas é uma das qualidades que denotam o gênio, e freqüentemente a paixão se manifesta desse modo. Além disso, dentro das circunstâncias em que se encontrava Ginevra, a intuição que ela devia à sua memória tão profundamente impressionada ou talvez à necessidade, a mãe das grandes obras, emprestou-lhe um talento sobrenatural. A cabeça do jovem oficial foi reproduzida sobre o papel em meio a um sobressalto interno que ela atribuía ao medo, mas no qual um fisiologista reconheceria a febre da inspiração. De quando em vez ela deslizava um olhar furtivo sobre suas companheiras, a fim de poder esconder o esboço no caso de uma indiscrição de qualquer delas. Apesar de sua ativa vigília, houve um momento em que ela não se apercebeu do olhar lançado através de um par de óculos de mola por sua impiedosa inimiga, a quem foi desvendado por um instante o misterioso desenho que era protegido pela capa acartonada de uma grande pasta de desenhos. *Mademoiselle* Thirion, ao reconhecer o rosto do proscrito, levantou a cabeça bruscamente, enquanto Ginevra escondia inutilmente a folha de papel.

– Por que permaneceu aí apesar de meu conselho, senhorita? – indagou gravemente o professor a Ginevra.

A estudante virou bem depressa seu cavalete em sua direção, de tal modo que ninguém mais além dele pudesse enxergar seu esboço, mostrou-o ao mestre e falou, com a voz plena de emoção:

– O senhor não acha como eu que esta iluminação é a mais favorável? Não é melhor que eu fique trabalhando aqui mesmo?

Servin empalideceu. Como nada escapa aos olhos aguçados pelo ódio, *Mlle.* Thirion inteirou-se, por assim dizer, de todas as emoções que agitaram os corações de professor e aluna.

– Tem razão – disse Servin. – Acho até que entende muito mais disso do que eu – acrescentou, com um riso forçado.

Seguiu-se uma pausa, durante a qual o professor ficou contemplando o rosto do oficial.

– Esta é uma obra-prima, digna de Salvator Rosa[32] – exclamou, com toda a energia que possui um grande artista.

Ao escutar essa proclamação, todas as jovens se levantaram, especialmente *mademoiselle* Thirion, que acorreu com a velocidade de um tigre que se lança sobre a presa. Nesse justo momento, o proscrito, que fora acordado pelo ruído, soltou um resmungo abafado. Ginevra derrubou o tamborete em que estava sentada, pronunciou uma série de palavras desconexas e, logo a seguir, começou a rir. Mas primeiro ela dobrou o retrato e o lançou dentro de seu portfólio, que fechou em seguida, antes que sua indomável inimiga pudesse perceber o que nele ha-

[32] Salvatore Rosa (1615-1673), pintor, poeta e músico italiano. (N. do T.)

via. O cavalete foi cercado pelas garotas, Servin descreveu em voz alta as belas qualidades da cópia que sua aluna favorita estava realizando naquele momento e todas foram enganadas pelo estratagema, menos Amélie, a qual, colocando-se por trás das outras, procurou abrir a pasta de desenhos em que vira ser guardado o esboço. Ginevra tirou a pasta das mãos dela e segurou-a diante de si mesma, sem dizer palavra. As duas jovens ficaram examinando uma à outra em silêncio.

– Vamos, senhoritas, todas a seus lugares – disse Servin. – Se quiserem ser algum dia tão boas como *mademoiselle* de Piombo, terão de parar de conversar tanto sobre modas e bailes ou de falar mal da vida alheia, como estão acostumadas a fazer...

Quando todas as moças tinham retornado a seus respectivos cavaletes, Servin trouxe uma cadeira e sentou-se ao lado do tamborete de Ginevra.

– Não foi melhor que esse mistério tenha sido descoberto por mim, do que por qualquer das outras? – disse a italiana, falando em voz baixa.

– Sim – respondeu o pintor com simplicidade. – A senhorita é uma patriota; mas não duvide sequer por um momento: se eu fosse contar a alguém, a senhorita seria a primeira.

O professor e a aluna se entenderam com o olhar, e Ginevra perguntou sem medo:

– Afinal, quem é ele?

– Um amigo íntimo de Labédoyère, justamente aquele que, depois do infeliz coronel, foi quem mais contribuiu para a reunião do Sétimo com os Granadeiros da ilha de Elba[33]. Ele era chefe de esquadrão na Guarda e conseguiu sobreviver a Waterloo.

– Mas e por que o senhor não queimou o uniforme dele e o capacete forrado de pele e não lhe deu roupas burguesas? – disse Ginevra com excitação reprimida.

– Ficaram de me trazer as roupas hoje à noite.

– O senhor deveria ter arranjado um pretexto qualquer e fechado o ateliê por alguns dias...

– Ele vai embora logo.

– Mas por que, ele quer morrer? – disse a jovem. – Deixe que ele permaneça em sua casa durante os primeiros momentos da tormenta. Paris ainda é o único lugar da França em que se pode esconder um homem com toda a segurança. Ele é seu amigo? – quis saber.

– Não, a única razão por que ele está recebendo minha ajuda é a sua presente infelicidade. Olhe, foi assim que ele praticamente me caiu nos braços: meu sogro, que havia retornado ao serviço militar durante esta última campanha, encontrou este pobre rapaz e, com muita habilidade, conseguiu salvá-lo das garras daqueles que capturaram Labédoyère. O insensato queria defendê-lo, imagine!...

– É o senhor que o chama assim – protestou Ginevra, lançando um olhar de surpresa ao pintor, que guardou silêncio por um momento.

– Meu sogro é muito visado e não pode manter ninguém em sua casa a salvo dos espiões – prosse-

---

[33] Trata-se do Sétimo Regimento de linha de Grenoble, que, juntando-se aos Granadeiros de Elba – a guarda pessoal de Napoleão no exílio –, possibilitou o retorno e a marcha de Napoleão a Paris, dando início ao período que ficou conhecido como os Cem Dias. (N. do E.)

guiu. – Desse modo, ele deu um jeito de me trazer o rapaz em uma noite da semana passada. Pensei que seria possível escondê-lo de todos os olhares neste quartinho escuro, o único lugar da casa em que um fugitivo poderia estar em segurança...

– Se eu puder lhe ser útil em alguma coisa, pode contar com meu apoio – disse Ginevra. – Eu conheço o marechal Feltre.[34]

– Tudo bem, vamos ver – respondeu o pintor.

A conversa demorou por um tempo longo demais para não ser percebida por todas as moças. Servin afastou-se então de Ginevra e retornou, de cavalete em cavalete, dando a cada aluna lições tão prolongadas que ele ainda estava parado na escada quando soou a hora em que suas estudantes estavam habituadas a sair.

– Esqueceu sua bolsa, *mademoiselle* Thirion – gritou o professor, correndo atrás daquela menina que se rebaixava ao papel de espiã só para satisfazer um rancor adolescente.

A aluna curiosa veio pegar a bolsa, manifestando um pouco de surpresa por sua distração, mas o cuidado de Servin em alcançar-lhe o acessório foi para ela uma nova prova da existência de um mistério, de cuja gravidade não tinha a menor dúvida; ela já tinha até inventado para si mesma uma explicação que abrangia tudo o que devia ser e podia exclamar satisfeita, como fizera o abade Vertot:[35] "Meu assédio está preparado...". Desceu então a escada fazendo barulho

---

[34] Henri-Jacques-Guillaume Clarke, duque de Feltre (1765-1818), marechal francês. (N. do T.)

[35] René-Aubert de Vertot (1655-1735), abade e historiador. (N. do T.).

e abriu com violência a porta que dava para o apartamento de Servin, a fim de fazer de conta que tinha ido embora; depois subiu sem fazer ruído e escondeu-se por detrás da porta do estúdio. Quando o pintor e Ginevra pensaram que estavam a sós, ele bateu gentilmente de uma maneira já combinada à porta do quartinho, que logo foi aberta e girou em suas dobradiças enferrujadas e barulhentas. A italiana viu então surgir um homem jovem, alto, forte e bem talhado de corpo, cujo uniforme imperial lhe fez palpitar o coração. O oficial trazia um braço na tipóia, e a palidez de sua compleição revelava estar passando por grandes sofrimentos. Ao perceber a presença de uma desconhecida, ele estremeceu. Amélie, que de onde estava não podia ver nada, começou a tremer também, por estar parada por muito tempo na mesma posição; bastou-lhe escutar o rangido da porta e foi embora sem fazer qualquer ruído.

– Não precisa ter medo – disse o pintor ao oficial esta senhorita é filha do mais fiel amigo do imperador, o barão de Piombo.

Depois de examinar a garota, o jovem militar não mais conservou qualquer dúvida sobre o patriotismo de Ginevra.

– O senhor está ferido? – indagou ela.

– Ah, não é nada, senhorita. É só um arranhão e já está se fechando sozinho.

Nesse momento, vozes esganiçadas e penetrantes dos vendedores de rua chegaram ao ateliê:

– Resultados do julgamento que condenou à morte...!

Todos os três estremeceram. O soldado foi o primeiro a escutar um nome que o fez empalidecer:

– Labédoyère!... – exclamou, deixando-se cair sobre um tamborete.

Os três se contemplaram em silêncio. Gotas de suor formaram-se na testa lívida do rapaz, que levou uma mão aos cachos negros de sua cabeleira, em um gesto de desespero, apoiando o cotovelo sobre o peitoril do cavalete de Ginevra.

– Apesar de tudo... – disse ele, levantando-se bruscamente. – Labédoyère e eu sabíamos muito bem o que estávamos fazendo. Conhecíamos o destino que nos esperava se triunfássemos e igualmente o que aconteceria em caso de fracasso... Agora, ele vai morrer pela causa que defendeu, enquanto eu fico aqui, me escondendo...

Ele tomou uma decisão e moveu-se rapidamente em direção à porta do estúdio, mas Ginevra foi mais rápida que ele e barrou-lhe o caminho.

– Se morrer, o senhor vai recolocar o imperador no trono? – indagou. – Tem a pretensão de levantar esse gigante, quando ele mesmo não conseguiu se manter em pé?...

– Mas o que vocês querem que eu me torne? – disse então o proscrito, dirigindo-se aos dois amigos que o acaso lhe havia dado. – Não tenho mais nenhum parente vivo no mundo. Labédoyère era meu protetor e amigo: agora, estou só. Talvez amanhã eu seja proscrito ou condenado, minha única renda era meu soldo, gastei meu último escudo na tentativa de vir arrancar Labédoyère de seu destino e tentar libertá-lo; a morte para mim é praticamente uma necessidade. Quando alguém se decide a morrer, o melhor é vender sua cabeça ao carrasco. Estou pensando o tempo todo que a vida de um homem honesto e valente vale bem a de dois traidores e que um golpe de punhal bem dirigido pode nos conferir a imortalidade!

Aquele acesso de desespero encheu de medo o pintor e assustou até mesmo Ginevra, que era perfeitamente capaz de entender o rapaz. A italiana encantara-se com aquela formosa cabeça e com a voz sonora, cuja doçura quase não era alterada pelos tons de fúria; e então lançou um pouco de bálsamo sobre todas as chagas do infortunado.

– Cavalheiro – disse ela –, quanto a suas dificuldades financeiras, permita-me oferecer-lhe um pouco de ouro de minhas economias. Meu pai é rico, sou filha única, ele me ama e tenho certeza de que não vai se zangar comigo por isso. Não sinta escrúpulos em aceitar: todos os nossos bens vieram do imperador, não temos um centavo que não tenha sido resultado de sua generosidade. Não seria uma forma de reconhecimento ajudar um de seus soldados mais fiéis? Faça-me o favor de aceitar esta soma com muito menos dificuldade que eu tive para oferecê-la ao senhor. Além disso, é apenas dinheiro – acrescentou ela, em tom de desprezo. – Agora, no que se refere a amigos, o senhor tem dois aqui e achará muitos mais!...

Então, ela ergueu a cabeça, com ferocidade e orgulho, e seus olhos reluziram com um brilho inusitado:

– A cabeça que tombará amanhã, diante de uma dúzia de fuzis, vai salvar a sua – recomeçou ela. – Só espere que passe esta tempestade e poderá ir alistar-se no estrangeiro, caso não se disponham a esquecer de seu caso; ou mesmo, poderá voltar ao exército francês, caso as coisas sejam esquecidas..

Sempre existe no consolo oferecido por uma mulher uma delicadeza um tanto maternal, previdente e completa. Mas quando se juntam a graça dos gestos e uma eloqüência de tom que brota do coração palavras de paz e de esperança, sobretudo quando a benfeitora é bela, é muito difícil que um homem jovem consiga resistir. O coronel respirava amor através de todos os seus sentidos. Um ligeiro toque rosado tingiu suas faces brancas, seus olhos perderam um pouco da melancolia que os debilitava, e então ele declarou em um tom de voz muito peculiar:

– A senhorita é um verdadeiro anjo de bondade! Mas Labédoyère!... – acrescentou. – O que vai ser de Labédoyère...?

Após ouvirem essa exclamação, os três se olharam em silêncio, compreendendo o que sentia cada um dos outros. Não era mais um grupo de amigos que se conheciam há vinte minutos; era como se fossem amigos de vinte anos.

– Meu caro – obtemperou Servin –, como poderá salvá-lo?

– Eu posso vingá-lo!...

Ginevra estremeceu: por mais que fosse belo o desconhecido, seu aspecto exterior não a havia emocionado profundamente; a doce piedade que as mulheres encontram em seus corações pelos desgraçados que não trazem em si nada de ignóbil havia obscurecido no coração de Ginevra qualquer outro tipo de afeição; mas escutar um juramento de vingança, descobrir naquele proscrito uma alma italiana, um devotamento por Napoleão, de fato, uma alma de corso? Isso já era demais, e ela contemplou o jovem oficial com uma emoção cheia de respeito, mas que lhe agitava fortemente o coração. Era a primeira vez que um homem despertava nela um sentimento tão vivo. Como todas as mulheres acabam fazendo, ela se pôs a equiparar a alma daquele indivíduo com a beleza distinta de seus traços e com as proporções tão bem talhadas de seu porte, que ela admirava até então somente como artista, e a tentar fazer em seu íntimo com que todas aquelas qualidades se harmonizassem. Transportada dos caprichos da curiosidade para a piedade e da piedade para um poderoso interesse, ela partiu do interesse para atingir sensações tão profundas que sentiu como era perigoso permanecer no meio delas por um tempo demasiado longo.

– Até amanhã – disse ela, lançando ao jovem oficial o mais doce dos sorrisos, à guisa de consolação.

Ao ver este sorriso, que era como se a luz de um novo dia tivesse rebrilhado sobre o rosto de Ginevra, o desconhecido esqueceu-se de tudo, ao menos por um instante.

– Amanhã... – e logo respondeu com tristeza, ao recordar-se de novo do que acontecera: – Amanhã, Labédoyère...

Ginevra virou-se, colocou um dedo sobre os lábios e o contemplou de um modo tal, que parecia estar a lhe dizer:

– Acalme-se... Seja prudente...

Então, o jovem exclamou:

– *O Dio! Che non vorrei vivere dopo averla veduta!*

(Ó, Deus!... Quem não quereria viver, depois de tê-la visto?...)[36]

O sotaque particular com que pronunciou a frase italiana fez que com Ginevra mais uma vez estremecesse.

– O senhor é corso? – exclamou ela, com o coração voltando-se para ele, cheio de alegria e satisfação.

– Nasci na Córsega – respondeu o rapaz. – Mas me levaram muito cedo para Gênova e me engajei no exército assim que cheguei à idade mínima para prestar o serviço militar.

A beleza do indivíduo, a atração sobrenatural que lhe conferia sua ligação com o imperador, seu ferimento, sua desgraça, seu perigo, tudo desapareceu diante dos olhos de Ginevra ou, quem sabe, tudo se fundiu em um sentimento novo e delicioso. Mas aquele proscrito também era filho da Córsega!... Ele também falava sua amada língua!... A jovem permaneceu imóvel durante alguns momentos, contida por uma sensação de magia: tinha diante de seus olhos um quadro vivo ao qual todos os sentimentos humanos reunidos e as circunstâncias particulares dotavam de cores ainda mais vivas. A convite de Servin, o oficial se havia sentado em um divã; o pintor havia desatado o lenço que lhe servia de tipóia e estava desfazendo as ataduras que recobriam seu braço a fim de fazer um novo curativo na ferida. Ginevra estremeceu ao avistar a chaga longa e larga que fora produzida pela lâmina de um sabre no antebraço do jovem e deixou escapar um gemido de comiseração. O desco-

[36] A frase está redigida em italiano, mas, somente na Córsega, existem quatorze dialetos, e dificilmente dois corsos conversariam entre si no toscano da Itália central, que originou o italiano moderno. (N. do T.)

nhecido ergueu o rosto para ela e mostrou-lhe um sorriso luminoso. Havia alguma coisa de tocante, que a comovia até o fundo da alma, na atenção com que Servin erguia a gaze e tateava as carnes inchadas, ao mesmo tempo em que o rosto do ferido, ainda que pálido e com visíveis marcas deixadas pelo sofrimento, exprimia aos olhos da jovem mais prazer do que dor. Sendo uma artista, ela deveria admirar, mesmo que involuntariamente, a ambigüidade de sentimentos e o contraste que produzia o branco das ataduras de linho e do braço desnudo contra o uniforme azul e vermelho do jovem oficial. Já nesse momento, uma doce penumbra envolvia o ateliê; porém um último raio de sol vinha iluminar justamente o local em que se achava o proscrito, de tal modo que seu rosto pálido e nobre, seus cabelos negros e suas vestes pareciam todos inundados de luz. A supersticiosa italiana acreditou ser um feliz presságio aquele efeito tão simples da luz solar. Para ela, o desconhecido se assemelhava agora a um mensageiro celeste que lhe dava a escutar a linguagem de sua pátria e a submetia ao encanto das recordações da infância, enquanto em seu coração nascia um sentimento tão suave e tão puro como aqueles que experimentava nos primeiros anos de sua inocência. Durante um momento bastante curto, ela pareceu estar sonhando, como se estivesse imersa em um pensamento infinito; logo a seguir, ela enrubesceu, porque deixara transparecer sua preocupação com ele; trocou um último olhar, doce e rápido, com o proscrito e foi embora, ainda que continuasse a vê-lo dentro de sua mente.

No dia seguinte não havia aula, mas Ginevra foi ao estúdio, para que o prisioneiro pudesse permanecer ao lado de uma compatriota; Servin, que precisava terminar um esboço, permitiu ao recluso que permanecesse fora do cubículo, servindo de mentor aos dois jovens, que ficaram muito entretidos, falando o tempo todo em dialeto corso. O pobre soldado contou seus sofrimentos durante a derrota de Moscou, a forma como ele descobriu, depois da passagem do rio Berezina[37] e com apenas dezenove anos, ser o único sobrevivente de seu regimento, depois de ter visto morrer todos os seus camaradas de armas, os únicos homens que já haviam demonstrado interesse por um órfão. Pintou em traços dramáticos o grande desastre de Waterloo. Sua voz era como música para a italiana. Criada à maneira corsa, Ginevra era, de certo modo, uma filha da Natureza, ignorava a mentira e se entregava sem reservas às suas impressões: ela as confessava, ou talvez simplesmente as deixasse adivinhar, sem os artifícios da volubilidade mesquinha e calculista que compartilha a maior parte das jovens de Paris. Durante esse dia ela permaneceu imóvel mais de uma vez, com a paleta em uma das mãos e o pincel na outra, sem que este jamais se molhasse nas cores daquela; com os olhos fixos no oficial e a boca leve-

[37] Cenário de uma das maiores catástrofes da retirada de Napoleão da Rússia. A ponte sobre o rio Berezina fora destruída sem conhecimento dos franceses, mas o passo implacável do Grande Exército forçou batalhões inteiros a se precipitarem nas águas geladas do rio, antes que finalmente conseguissem fazer parar as tropas, cujo avanço os empurrava para a morte sem perceber. A vanguarda inteira, composta por dezenas de milhares de soldados, morreu afogada ou congelada nessa ocasião. (N. do T.)

mente entreaberta, ela ficava só escutando, com o pincel sempre erguido para uma pincelada que nunca se aplicava sobre a tela. Ela não se espantava em encontrar tanta doçura nos olhos daquele homem porque ela percebia que seus próprios olhos estavam mostrando uma expressão cada vez mais doce, apesar de sua intenção de conservá-los severos ou, pelo menos, tranqüilos. A seguir, ela recomeçava a pintar, com uma atenção particular e durante minutos a fio, sem erguer a cabeça, porque sabia que ele estava lá, perto dela, contemplando o progresso de seu trabalho. Da primeira vez que ele veio sentar-se perto dela para contemplá-la em silêncio, ela lhe falou com a voz embargada pela emoção:

– Quer dizer que o senhor se diverte só de me ver pintar...?

Nesse mesmo dia, ela ficou sabendo que o nome dele era Luigi[38]. Antes de se separarem, combinaram que, nos dias em que havia aula, se acontecesse algum acontecimento político importante, Ginevra o informaria a respeito, cantando as palavras em voz baixa e aproveitando a melodia de certas árias italianas.

No dia seguinte, *Mlle.* Thirion informou a todas as suas companheiras, como se fosse um segredo que havia descoberto, que Ginevra di Piombo era namorada de um rapaz que se escondia no quartinho escuro do fundo do estúdio, durante as horas destinadas às lições.

– A senhorita, que está sempre do lado dela – disse a *mademoiselle* Roguin –, olhe bem e vai ver de que modo ela passa o tempo...

---

[38] Balzac chama o personagem alternadamente de "Luigi" e "Louis", respectivamente a forma italiana e francesa do mesmo nome. (N. do E.)

Ginevra foi então, a partir daí, examinada com uma atenção diabólica. Escutavam suas canções, cuidavam a direção de seus olhares. Mesmo nos momentos em que ela acreditava não estar sendo vista por ninguém, uma dúzia de olhares a vigiava incessantemente. Uma vez avisadas, as garotas interpretaram o verdadeiro sentido da agitação que perpassava o rosto brilhante da italiana, seus gestos, os tons particulares em que cantarolava, até mesmo o ar atento com o qual percebiam que ela prestava atenção a sons indistintos que somente ela conseguia escutar através da divisória do fundo do estúdio. Ao final de uma semana, somente uma das quinze alunas de Servin, a pequena Laure, havia resistido à tentação de examinar Louis pela fresta do tabique; devido ao instinto de sua própria fraqueza, ela ainda defendia a bela corsa; a própria *Mlle.* Roguin tentara fazer com que ela esperasse em sua companhia no alto da escada, na hora da partida, a fim de provar-lhe o grau de intimidade de Ginevra com o belo jovem ao surpreendê-los juntos; mas ela se recusou a rebaixar-se ao tipo de espionagem que a simples curiosidade não justificava, o que fez com que se tornasse o objeto da troça de todas as outras. Logo a filha do porteiro do gabinete do rei começou a achar que era pouco conveniente freqüentar o ateliê de um pintor cujas opiniões traziam uns respingos de patriotismo ou de "bonapartismo", coisas que, naquela época, pareciam uma só e, desse modo, ela parou de ir às aulas de Servin. Mas se Amélie acabou por esquecer-se de Ginevra, o mal que havia semeado acabou por dar seus frutos. Quase sem perceber o que faziam, por acaso, pelo prazer da novidade ou até mesmo por pudor, todas as outras jovens acabaram contando às suas respectivas mães sobre a estranha aventura que transcorria no estúdio. Um dia, Mathilde Roguin não apareceu mais; na lição seguinte, faltava outra moça; finalmente, três ou quatro garotas, que eram as últimas remanescentes freqüentando as aulas, pararam de ir também. Ginevra e *mademoiselle* Laure, sua amiga, foram durante dois ou três dias de aula as únicas habitantes do ateliê, agora deserto. A italiana sequer percebeu o abandono em que se encontrava; de fato, nem lhe passou pela cabeça imaginar qual seria a causa da ausência de suas colegas. Desde que havia inventado os meios de se corresponder com Louis, ela vivia no estúdio como se estivesse em um delicioso retiro espiritual, sozinha no mundo, só pensando no oficial e nos perigos que o ameaçavam. A jovem, embora fosse uma sincera admiradora daqueles homens de coração nobre que não querem trair de forma alguma sua fé política, pressionava Louis justamente no sentido oposto, para que se submetesse prontamente à autoridade real, a fim de conservá-lo na França; mas Louis não tinha a menor vontade de se submeter, para não precisar sair de seu esconderijo. Se as paixões somente nascem e crescem sob a influência de causas românticas, jamais tantas circunstâncias concorreram para ligar entre si dois seres pelos laços do mesmo sentimento. A amizade de Ginevra por Louis e de Louis por ela fez assim maiores progressos em um único mês do que uma amizade normal se desenvolve durante dez anos de encontros em salões de festas. Pois não é a adversidade a pedra de toque que forja o caráter? Ginevra pôde então admirar facilmente Louis e conhecê-lo bem; logo os dois estavam sentindo uma grande estima um pelo outro. Mais velha que Louis, Ginevra encontrou uma grande doçura em ver-se cortejada por um homem já tão grandioso, que já fora provado tantas vezes pela sorte, mas que juntava ainda à experiência de um homem a graça de um adolescente. Do seu lado, Louis sentia um prazer indescritível em se deixar aparentemente proteger por uma jovem de 25 anos. Não era isso uma prova de amor a mais? A união da doçura com a ferocidade ou da força com a fraqueza demonstrava em Ginevra uma atração irresistível, a um ponto em que Louis sentiu-se inteiramente subjugado por ela. Para encurtar a história, eles já se amavam tão profundamente que não sentiam mais a menor necessidade de negar nem de afirmar seu amor um pelo outro.

Um dia, já no final da tarde, Ginevra escutou o sinal combinado: Louis batia na madeira do tabique com a ponta de um alfinete, de tal maneira que não causava mais ruído que uma aranha que prendesse o fio da teia, pedindo para sair do seu esconderijo. Ela lançou um olhar por todo o estúdio, não viu a pequena Laure e respondeu ao sinal; contudo, ao abrir a porta, Louis percebeu a estudante e voltou precipitadamente. Espantada, Ginevra olhou em volta, divisou Laure e foi até seu cavalete, enquanto falava:

– Está ficando até tarde hoje, querida. Essa cabeça me parece muito bem acabada: a única coisa que falta é colocar um reflexo de luz no alto desse cacho de cabelos...

– Seria uma grande bondade sua – disse Laure bem baixinho – se você quisesse fazer para mim a correção desta cópia, só assim eu guardaria alguma coisa feita por você...

– Com prazer – concordou Ginevra, convencida de que poderia mandar a outra embora dessa maneira. Enquanto aplicava leves toques de tinta com o pincel, ela continuou: – Eu pensava que você tinha um caminho muito longo a percorrer do estúdio até sua casa...

– Oh, Ginevra! Hoje eu vou para casa e não volto mais!... – exclamou a menina, cheia de tristeza.

– Não vai mais estudar com *monsieur* Servin? – indagou a italiana, sem se mostrar nem de longe tão afetada por tais palavras como teria ficado apenas um mês antes.

– Mas então você não percebeu, Ginevra, que já faz alguns dias que somos só nós duas que estamos vindo aqui?

– É verdade! – respondeu Ginevra, como se tivesse lembrado alguma coisa de repente. – As meninas estão todas doentes, se casaram ou seus pais estão de serviço no castelo?

– Não é isso. Todas pararam de estudar com *monsieur* Servin – respondeu Laure.

– Mas por quê?

– Por sua causa, Ginevra.

– Por minha causa?

A jovem corsa ergueu-se subitamente, com o rosto ameaçador, um ar feroz e olhos chamejantes.

– Ah, não se aborreça, minha querida Ginevra – suplicou dolorosamente Laure. – Minha mãe também quer que eu saia do ateliê... Todas as meninas estão dizendo que você tem um caso amoroso, que *monsieur* Servin permite que o seu namorado fique esperando dentro do quartinho escuro; eu mesma nunca acreditei nessas calúnias e não contei nada a minha mãe. Mas ontem de noite, madame Roguin encontrou mamãe em um baile e lhe indagou se ela ainda estava permitindo que eu viesse aqui. Ao ouvir a resposta afirmativa de minha mãe, ela repetiu todas as mentiras que essas senhoritas andam espalhando. Mamãe me interrogou durante horas, ela achava que eu deveria saber tudo a respeito do assunto e que havia quebrado o elo de confiança que deve existir entre mãe e filha, porque não lhe tinha contado nada. Oh, minha querida Ginevra, você era meu modelo em tudo, como estou triste por não poder continuar mais em sua companhia!...

– A vida é longa e nos reencontraremos: as jovens acabam se casando... – disse Ginevra.

– As que são ricas... – retrucou Laure.

– Venha me visitar, meu pai tem uma grande fortuna...

– Ginevra – recomeçou Laure, enternecida –, madame Roguin e minha mãe combinaram vir aqui amanhã, querem falar com *monsieur* Servin e apresentar suas reclamações... Pelo menos fale a ele, para que esteja prevenido...

Se um raio tivesse caído a dois passos de Ginevra, ela não teria ficado mais assustada.

– Mas em que isso as prejudica...? – redargüiu ingenuamente.

– Todo mundo acha isso uma coisa muito errada. Mamãe diz que é contrário à moral e aos bons costumes...

– Mas e você, Laure? O que você pensa disso?...

A menina contemplou Ginevra, e seus pensamentos se confundiram. Laure não conseguiu mais reter as lágrimas, jogou-se ao pescoço de sua amiga e abraçou-a. Nesse momento, *monsieur* Servin chegou ao estúdio.

– *Mademoiselle* Ginevra – disse ele, cheio de entusiasmo –, terminei meu quadro, que está agora na oficina para ser envernizado... Mas o que aconteceu por aqui...? Até parece que todas as senhoritas tiraram férias ou estão no campo...

Laure secou as lágrimas, cumprimentou Servin e depois foi embora.

– O estúdio está deserto há vários dias – disse Ginevra. – As meninas não vão voltar.

– Ora, ora...

– Não, não é caso para achar graça – falou Ginevra. – Escute: sou eu a causa involuntária da perda de sua reputação...

O artista começou a sorrir e interrompeu sua aluna:

– Minha reputação...? Ora, dentro de alguns dias, meu quadro será exposto.

– Não se trata em absoluto do seu talento – disse a italiana. – É a sua moral que está em jogo. Essas "senhoritas" saíram por aí a dizer que Louis está encerrado aqui e que o senhor está acobertando... nosso namoro.

– Nesse ponto, acho que tem razão, senhorita – respondeu o professor. – As mães dessas senhoritas são umas fofoqueiras... Mas se elas vierem falar comigo, saberei como explicar tudo. E por que vou me preocupar com esse tipo de coisa? A vida é tão curta!

O pintor estalou os dedos das duas mãos por trás da nuca. Louis, que havia escutado uma parte da conversa, saiu então de seu esconderijo.

– O senhor vai perder todas as alunas – exclamou ele. – Sou eu a causa de sua ruína!...

O artista tomou as mãos de Louis e de Ginevra e as uniu.

– Pretendem se casar, meus filhos? – indagou dos dois, com uma benevolência comovedora. Os dois baixaram os olhos, e aquele silêncio foi sua primeira jura de amor.

– Pois bem! – recomeçou Servin. – Serão felizes um com o outro, não serão? Existe alguma coisa que possa pagar a felicidade de duas pessoas como vocês dois?

– Eu sou rica – disse Ginevra. – Se o senhor me permitir indenizá-lo...

– Indenizar...? – exclamou Servin. – Quando souberem que fui caluniado por um bando de idiotas e que, no final das contas, a única coisa que eu fazia era proteger um perseguido político... ora, todos os liberais de Paris vão passar a me enviar suas filhas!... Acho que vou até mesmo ficar em dívida com vocês...

Louis apertou a mão de seu protetor, sem conseguir pronunciar uma única palavra; finalmente, murmurou em voz comovida:

– Todavia, é ao senhor que devo toda a minha felicidade...

– Sejam felizes, sou eu que os uno – falou o pintor, em um tom ao mesmo tempo compungido e cômico, enquanto impunha as mãos sobre as cabeças dos dois apaixonados.

Essa brincadeira do artista pôs fim à comoção dos dois. Os três se entreolharam e começaram a rir. A italiana apertou firmemente a mão de Louis, com uma simplicidade que correspondia dignamente aos costumes de sua pátria.

– A propósito, meus queridos filhos – prosseguiu Servin –: quer dizer que agora vocês acham que tudo vai às mil maravilhas...? Lamento dizer, mas estão muito enganados...

Os dois namorados o contemplaram espantados.

– Vocês devem perceber que por enquanto só eu estou a par de suas travessuras!... Madame Servin é um pouco tradicional, digamos... Para falar a verdade, não sei como é que vamos nos arranjar com ela...

– Meu Deus! Eu me esqueci!... – gritou Ginevra. – Amanhã, madame Roguin e a mãe de Laure devem vir fazer-lhe a tal visita...

– Já ouvi! – interrompeu-a o pintor.

– Mas o senhor tem como se justificar – continuou a jovem, erguendo a cabeça em um gesto cheio de orgulho. – *Monsieur* Louis – prosseguiu, voltando-se para ele e contemplando-o com altivez –, certamente ainda deve haver pessoas que professam antipatia pela casa real, não é verdade? Pois muito bem – recomeçou, depois de obter um sorriso como resposta –, amanhã de manhã mesmo enviarei uma petição a um dos funcionários mais influentes do Ministério da Guerra, um homem que nada poderá recusar à filha do barão de Piombo. Nós vamos obter um perdão tácito para o comandante Louis, isto porque tenho certeza de que *eles* não vão reconhecer sua patente de coronel. A partir de então – acrescentou ela, voltando-se para Servin

– o senhor poderá confundir as mães de minhas carinhosas colegas, bastando dizer-lhes a verdade!...

– Mas você é um anjo! – exclamou Servin.

Enquanto a cena transcorria no estúdio, o pai e a mãe de Ginevra se impacientavam com a demora da moça:

– Já são seis horas e Ginevra ainda não voltou! – exclamou Bartholoméo.

– Ela nunca chegou tão tarde – respondeu a esposa de Piombo.

Os dois velhos se entreolharam, mostrando todos os sinais de uma ansiedade fora do comum. Agitado demais para ficar sentado, Bartholoméo se ergueu e deu duas vezes a volta no salão, bastante ligeiro para um homem de 77 anos. Graças a sua constituição robusta, ele não sofrera grandes transformações desde o dia em que chegara a Paris e, apesar de sua alta estatura, mantinha-se ainda perfeitamente ereto. Seus cabelos haviam ficado brancos e ralos, deixando à mostra um crânio largo e protuberante, que transmitia uma bela idéia de seu caráter e de sua firmeza. Seu rosto ficara marcado por rugas que continuavam em dobras profundas, dando a impressão de que estava muito maior, mas ainda guardava aquele tom de palidez que inspira à veneração. A passagem das emoções ainda se revelava no fogo sobrenatural de seus olhos, cujas sobrancelhas não haviam embranquecido totalmente e conservavam ainda sua terrível mobilidade. O aspecto de sua cabeça era severo, mas via-se que Bartholoméo tinha direito de ser assim. Sua bondade e sua doçura só eram conhecidas por sua mulher e sua filha. No exercício de suas funções públicas ou diante de um estranho, ele não abdicava jamais da majestade que o tempo conferira a sua pessoa, e o hábito de franzir os grossos supercílios, de contrair as rugas de seu rosto, de conservar seu olhar com uma fixidez napoleônica permeava sua personalidade de um toque glacial. No decorrer de sua vida política, ele tinha sido tão temido que adquirira a reputação de pouco sociável: mas não é difícil explicar as causas dessa reputação. A vida, os costumes e a fidelidade de Piombo provocavam censuras da maior parte dos cortesãos. Apesar das delicadas missões financeiras que confiavam à sua discrição, que alcançavam grande sucesso e se mostravam muito lucrativas, ele não possuía mais que trinta mil libras de renda em fundos de valores da bolsa. Se fossem comparadas com as grandes fortunas acumuladas sob o Império, caso se recordasse a liberalidade de Napoleão para aqueles de seus fiéis que sabiam pedir, é fácil perceber que o barão de Piombo era um homem de probidade severa. Ele somente devia sua bela plumagem de barão à necessidade sentida por Napoleão de conceder-lhe um título antes de enviá-lo como embaixador a uma corte estrangeira. Bartholoméo sempre professou um ódio implacável pelos traidores de que se cercara Napoleão, que acreditava poder-lhes conquistar a fidelidade à força de vitórias. Foi ele quem, segundo diziam, dera as costas ao imperador e transpusera em três passos a distância até a porta de seu gabinete, depois de aconselhá-lo a se desfazer de três homens na França, na véspera do dia em que ele partiu para sua célebre e admirável campanha de 1814. A partir do retorno dos Bourbons, Bartholoméo deixou de usar a condecoração da Legião de Honra. Nunca outro homem ofereceu tão bela imagem desses velhos republicanos, amigos incorruptíveis do Império, que permaneceram como destroços vivos dos dois governos mais enérgicos que o mundo já conheceu. Se o barão de Piombo desagradava a alguns dos cortesãos, seus amigos eram Daru, Drouot e Carnot.[39] Seja como for, no que se referia ao resto dos políticos, depois de Waterloo ele passou a preocupar-se tanto com eles quanto com as baforadas de fumaça que tirava de seu charuto.

Bartholoméo di Piombo havia adquirido por meio da soma bastante módica que madame Bonaparte, a mãe do imperador, lhe tinha pago por suas propriedades na Córsega, a antiga mansão de Portenduère,[40] na qual não fez qualquer reforma. Quase sempre alojado à custa do governo em função dos cargos que ocupara, só viera morar nesta casa depois da catástrofe de Fontainebleau. Segundo o hábito das pessoas simples mas de grandes virtudes, o barão e sua esposa não davam a menor importância ao fausto exterior: seu mobiliário compunha-se dos mesmos móveis velhos que haviam adquirido com a mansão. Os grandes quartos de paredes muito altas, sombrios e desnudos de decoração, os grandes vidros emoldurados por velhos caixilhos dourados que o

[39] Pierre-Antoine-Noël Brunot, conde de Daru (1767-1829), ministro de Estado e comissário-geral do Grande Exército de Napoleão; Antoine, conde de Drouot (1774-1847), general francês; Lazare-Nicolas-Marguerite, conde de Carnot (1753-1823), general e matemático francês. (N. do T.)

[40] A família dos antigos proprietários que deram nome à casa é fictícia e foi criada por Balzac para efeitos literários em *A comédia humana*. (N. do T.)

tempo deixara quase negros e o mobiliário do tempo de Louis XIV eram perfeitamente adequados a Bartholoméo e sua esposa, personagens dignos da Antigüidade. Sob o Império e durante os Cem Dias, ao exercer funções muito bem remuneradas, o velho corso mantivera muitos criados, mais com o objetivo de fazer honrar seu cargo do que pelo desejo de brilhar. Sua vida e a vida de sua esposa eram tão frugais e tranqüilas que sua modesta fortuna bastava para atender a suas necessidades. Para os dois, sua filha Ginevra valia mais que todas as riquezas do mundo. Desse modo, em maio de 1814, quando o barão de Piombo deixou seu cargo, demitindo igualmente a maior parte de seus criados e fechando as portas de sua estrebaria, Ginevra, simples e sem luxos, tal como seus pais, não sentiu a menor lástima: a exemplo das grandes almas, ela se revestia do luxo que vinha da força dos sentimentos, do mesmo modo que colocava sua felicidade na solidão e no trabalho. Além disso, esses três seres se amavam demais uns aos outros para que as coisas exteriores da existência tivessem qualquer valor a seus olhos. Freqüentemente, sobretudo depois da segunda e assustadora queda de Napoleão, Bartholoméo e sua esposa passavam noites deliciosas escutando Ginevra tocar piano ou cantar. Existia para eles um imenso prazer secreto na presença e na menor palavra de sua filha; eles a seguiam com os olhos, com uma preocupação cheia de ternura, e escutavam seus passos no pátio, por mais silenciosos que fossem. Do mesmo modo que amantes, eles podiam ficar os três em silêncio durante horas inteiras, assim escutando melhor a eloqüência de suas almas do que por meio de palavras. Esse sentimento profundo, que era a própria vida dos dois velhos, animava todos os seus pensamentos. Não eram três existências, mas uma única que, semelhante às chamas da lareira, divisava-se em três labaredas de fogo. Se alguma vez a lembrança dos benefícios e da infelicidade de Napoleão, se os acontecimentos políticos do momento triunfavam temporariamente sobre a constante solicitude do velho casal, eles podiam perfeitamente falar dessas coisas sem romper a comunidade de seus pensamentos: afinal, Ginevra não compartilhava de todas as paixões políticas deles? Que coisa seria mais natural que o ardor com que se refugiavam no coração de sua única filha? Até então, as ocupações de uma vida pública haviam absorvido as energias do barão de Piombo; contudo, ao deixar seus encargos, o corso teve necessidade de projetar sua energia sobre o último sentimento que lhe restava; além disso, à parte os laços normais que unem um pai e uma mãe à sua filha, havia talvez, mesmo a despeito de suas três almas despóticas, uma razão poderosa para o fanatismo de sua paixão recíproca: eles se amavam integralmente. O coração inteiro de Ginevra pertencia a seu pai, como o de Piombo pertencia a ela; no fim das contas, se é verdade que nos prendemos emocionalmente uns aos outros mais por nossos defeitos que por nossas qualidades, Ginevra correspondia perfeitamente bem a todas as paixões de seu pai. É disso que procedia a única imperfeição daquela vida tríplice. Ginevra jogava-se inteira em qualquer coisa que lhe desse vontade, era tão vingativa e impulsiva como Bartholoméo havia sido em sua juventude. O corso esforçara-se, é bem verdade, para desenvolver tais sentimentos selvagens no coração de sua filha, do mesmo modo que um leão ensina a seus leõezinhos como capturar suas presas. Mas, uma vez que esse aprendizado de vingança só podia ser realizado no interior do lar paterno, Ginevra nunca perdoava nada a seu pai, e era inevitável que ele cedesse perante ela. Piombo só enxergava infantilidades naquelas brigas fictícias; mas foi assim que a criança adquiriu a habilidade de dominar completamente seus pais. No meio das tempestades que Bartholoméo, diga-se de passagem, adorava atiçar, uma palavra de ternura, às vezes apenas um olhar eram suficientes para apaziguar suas almas enfurecidas, e era quando se ameaçavam mutuamente que estavam mais perto de se abraçarem aos beijos. Todavia, nos últimos cinco anos, Ginevra ficou mais esperta que seu pai e evitava constantemente aquele tipo de cenas. Sua fidelidade, seu devotamento, o amor que triunfava em todos os seus pensamentos e o admirável bom senso que manifestava em todas as ocasiões haviam justificado suas cóleras; mas delas resultara igualmente um grande mal: Ginevra vivia com seu pai e sua mãe um relacionamento de igualdade, o que sempre é funesto. Para terminar o relato de todas as mudanças que ocorreram a esses três personagens depois de sua chegada a Paris, Piombo e sua mulher, gente sem instrução, haviam deixado Ginevra estudar segundo sua própria vontade. Deixada ao léu de seus caprichos de mocinha, ela tinha aprendido um pouco de tudo e deixado de lado um pouco de tudo, retomando e abandonando de novo cada intenção uma após a outra, até que a pintura se transformou em sua paixão dominante; ela teria sido perfeita, caso sua mãe tivesse sido capaz de orientar seus estudos, de elucidar e harmonizar os dons que lhe dera a natureza: seus defeitos provinham da funesta educação que o velho corso sentira prazer em lhe transmitir.

Depois de fazer estalar as tabuinhas do parquê sob seus pés durante bastante tempo, o velho puxou o fio da campainha. Apareceu um criado:

– Vá ao encontro de *mademoiselle* Ginevra – ordenou.

– Sempre lamentei que não tivéssemos conservado a carruagem para ela... – observou a baronesa.

– Foi ela que não quis – respondeu Piombo, lançando uma olhar severo à esposa, a qual, acostumada à obediência durante quarenta anos, sujeitou-se a baixar os olhos.

Também septuagenária, alta, seca, pálida e enrugada, a baronesa recordava perfeitamente aquelas velhas que Schnetz[41] introduzia no cenário de suas telas italianas; ela permanecia quase sempre tão silenciosa que parecia uma nova Sra. Shandy;[42] mas uma palavra, um olhar ou um gesto anunciavam que seus sentimentos tinham guardado o vigor e a frescura da juventude. A forma como se vestia, sem o menor traço de vaidade, freqüentemente também era de mau gosto. Em geral, ela permanecia passiva, mergulhada em uma poltrona estilo *bergère*, como se fosse uma *validé*, isto

---

[41] Jean-Victor Schnetz (1787-1870), pintor francês, retratista e litógrafo. (N. do T.).

[42] Mãe de Tristram Shandy, personagem fictício do escritor irlandês Laurence Sterne (1713-1768), cuja obra *A vida e as opiniões do cavaleiro Tristram Shandy* é citada com freqüência por Balzac. (N. do T.)

é, a mãe de um sultão, olhando ou admirando Ginevra, seu orgulho e sua vida. Era como se a beleza, as roupas e a graça de sua filha se tornassem suas. Tudo estava bem para ela quando Ginevra lhe parecia feliz. Seus cabelos tinham embranquecido, e algumas mechas flutuavam diante de sua testa pálida e enrugada ou ao longo de suas bochechas flácidas.

– Já faz uns quinze dias, mais ou menos – declarou – que Ginevra vem chegando um pouco mais tarde...

– Jean não vai atrás dela com rapidez suficiente!... – gritou, cheio de impaciência, o ancião, que fechou as abas de sua sobrecasaca azul, agarrou o chapéu, enfiou-o na cabeça, pegou a bengala e saiu em direção à rua.

– Você não vai longe – gritou a mulher pelas costas.

Com efeito, o grande portão de entrada se havia aberto e fechado, e a velha mãe já escutara os passos de Ginevra atravessando o pátio. Bartholoméo reapareceu em seguida, triunfante, carregando a filha, que se debatia entre seus braços.

– Aqui está ela, Ginevra, *Ginevrettina, Ginevrina, Ginevrola, Ginevretta, Ginevra bella!...*

– Pai, o senhor está me machucando!...

Imediatamente, Ginevra foi depositada no chão com uma espécie de respeito. Ela sacudiu a cabeça com um movimento gracioso, mais para tranqüilizar sua mãe, que já estava começando a ficar assustada, e para lhe dizer: *é só uma brincadeira.* O rosto terno e pálido da baronesa retomou a cor habitual e, até mesmo, um certo ânimo. Enquanto isso, Piombo esfregava as mãos com uma força extrema, o que indicava até que ponto chegara sua alegria: ele havia adquirido esse hábito na corte, quando via Napoleão encolerizar-se contra alguns dos generais ou dos ministros que o serviam mal ou que haviam cometido algum erro. Com os músculos do rosto totalmente relaxados, até mesmo a menor ruga de sua testa expressava benevolência. Os dois velhos ofereciam naquele momento a imagem exata dessas plantas sofredoras e sequiosas a que um pouco de água devolve a vida após um longo período de seca.

– Vamos jantar, vamos jantar!... – exclamou o Barão, oferecendo a mão larga a Ginevra, que chamou de *signora Piombellina*,[43] um outro sintoma de felicidade a que sua filha respondeu com um sorriso.

– A propósito – disse Piombo, ao sair da mesa –, sabe que sua mãe me chamou a atenção para o fato de que, há mais ou menos um mês, você está permanecendo muito mais que de costume em seu ateliê?... Até parece que a pintura é mais importante do que nós.

– Ora, pai!...

– Tenho certeza de que Ginevra está preparando alguma surpresa para nós – falou a mãe.

– Vai me trazer um quadro pintado por você? – exclamou o corso, estalando uma vez a palma de uma mão sobre a outra.

– Sim, ando muito ocupada no estúdio – respondeu ela.

– Que é que você tem, Ginevra? Você ficou pálida! – exclamou a mãe.

– Não!... – exclamou a jovem, com um gesto enérgico de quem toma uma resolução. – Não, ninguém

[43] Senhora Chumbinho, trocadilho feito com o sobrenome *Piombo*, ou "chumbo". Em italiano no original. (N. do T.)

poderá dizer que Ginevra Piombo mentiu sequer uma vez na vida!...

Ao escutarem esta exclamação tão singular, Piombo e sua mulher, com o ar mais espantado deste mundo, ficaram olhando boquiabertos para sua filha

– Estou apaixonada por um rapaz – declarou ela, com a voz embargada.

A seguir, sem se atrever a encarar os pais, ela abaixou as grandes pálpebras, como se quisesse velar o fogo que lhe brotava dos olhos.

– É, por acaso, algum príncipe? – indagou ironicamente seu pai, empregando um tom de voz que fez tremer tanto a mãe como a filha.

– Não, meu pai – respondeu ela, com modéstia –, é um jovem sem fortuna...

– Então é algum bonitão...?

– Ele é um infeliz...

– Mas o que ele faz, então?

– É um dos companheiros de Labédoyère, está com a cabeça a prêmio, não tem onde se esconder. Servin o escondeu e...

– Servin é um rapaz corajoso e agiu muito bem – exclamou Piombo. – Mas você está agindo mal, minha filha: é muito feio amar outro homem além de seu pai...

– Não depende de mim amar ou deixar de amar... – retorquiu docemente Ginevra.

– Eu tinha me convencido – continuou seu pai – que minha Ginevra me seria fiel até minha morte, que meus carinhos e os de sua mãe seriam os únicos que ela receberia, que nossa ternura não encontraria em sua alma nenhuma ternura rival e que...

– E alguma vez eu reclamei do seu fanatismo por Napoleão? – retorquiu Ginevra. – Pois então o senhor não o amou também, além de mim? O senhor não se ausentou durante meses inteiros para realizar as suas missões? E quanto a mim, eu não suportei corajosamente suas ausências? A vida tem necessidades que precisamos aprender a suportar...

– Ginevra!

– Não, o senhor não me ama somente por mim, e sua repreensão veio revelar um egoísmo insuportável...

– Você está me acusando... está desfazendo do amor de teu pai! – gritou Piombo, com os olhos flamejantes.

– Meu pai... eu nunca vou acusar o senhor de nada – respondeu Ginevra, com muito mais ternura que sua mãe, trêmula, atrevia-se a esperar. – O senhor tem toda a razão do seu egoísmo, como eu tenho toda a razão do meu amor. O céu é testemunha que jamais outra filha cumpriu melhor do que eu seus deveres para com os pais. Nunca encontrei mais que amor e felicidade no cumprimento desses deveres que tantas outras consideram apenas obrigações. Já são mais de quinze anos que não saio de debaixo de suas asas protetoras, e tornar felizes seus dias constituiu para mim o mais doce dos prazeres. Mas então seria eu ingrata ao conceder a mim mesma o encanto do amor, ao cultivar o desejo de ter um esposo que possa me proteger depois que vocês dois tiverem partido?

– Ah, você já está fazendo as contas de teu pai, Ginevra! – retorquiu o velho em tom sinistro.

Seguiu-se uma pausa assustadora, durante a qual ninguém teve coragem de falar. Finalmente, Bartholoméo rompeu o silêncio, gritando com uma voz dilacerante:

– Ah, continue conosco, continue ao lado de teu velho pai!... Não sei o que vou fazer se te vir amando um homem... Ginevra, você não vai ter de esperar muito tempo por tua liberdade...

– Mas pai, pense então que ninguém vai deixar o senhor, que não iremos embora, que, pelo contrário, agora serão dois a amá-lo; que o senhor poderá conhecer bem o homem sob cujos cuidados me deixará!... O senhor será duplamente querido, por mim e por ele. Por ele, que faz parte de mim; por mim, que me tornei inteiramente ele mesmo.

– Ah, Ginevra, Ginevra! – gritou o corso, apertando os punhos. – Por que não se casou quando Napoleão me acostumou com a idéia, quando ele te apresentou duques e condes?

– Eles haviam recebido a ordem de me amar – disse a jovem. – Aliás, eu não tinha o menor desejo de deixar o senhor, e eles me teriam levado para longe.

– Sei que você não quer nos deixar sozinhos – disse Piombo. – Mas se casar, é o mesmo que nos isolar! Eu te conheço muito bem, minha filha, vai deixar de nos amar. Elisa – acrescentou ele, olhando para a esposa, que permanecera imóvel durante todo o tempo –, nós não temos mais filha: ela quer se casar!...

O velho elevou as mãos para o céu, como se quisesse invocar Deus em seu auxílio, e depois sentou-se pesadamente, curvado como se tivesse de suportar o peso de uma grande dor. Ginevra percebeu a agitação de seu pai; a moderação de sua cólera lhe partiu o coração: ela esperava uma enorme crise, tremendos furores; simplesmente não havia armado sua alma contra a doçura paterna.

– Meu pai – disse ela, com voz comovente –, não, o senhor nunca será abandonado por sua Ginevra.

Mas pense agora em amá-la um pouco por ela mesma. Se o senhor soubesse como *ele* me ama!... Ah, ele jamais me causaria a menor tristeza!...

– Já começaram as comparações! – gritou Piombo, com um tom de voz terrível. E recomeçou: – Não, não posso suportar essa idéia!... Se ele te ama tanto quanto você merece ser amada, então vou me matar; mas se ele não te amar assim, então o apunhalarei!...

As mãos de Piombo tremiam, seus lábios tremiam, seu corpo tremia, seus olhos relampejavam; somente Ginevra seria capaz de sustentar-lhe o olhar, porque também suas vistas lançavam centelhas, porque a filha era digna do pai.

– Ah, te amar!... Que homem nesta vida é digno disso...? – recomeçou o ancião. – Te amar como um pai, apenas, já é o mesmo que viver num paraíso. Quem será então digno de ser teu marido?

– Ele – respondeu Ginevra. – Ele, de quem sou eu que me sinto indigna.

– Ele... – repetiu maquinalmente Piombo. – Quem é *ele?*

– O homem que eu amo.

– E como é que ele pode já te conhecer bem o suficiente para te adorar?

– Mas, meu pai – prosseguiu Ginevra, incapaz de reprimir um gesto de impaciência –, mesmo que ele não me amasse o suficiente, eu mesma já o amo tanto...

– Então, você já o ama...? – gritou Piombo.

Ginevra inclinou docemente a cabeça.

– Quer dizer que você o ama mais do que a nós dois?

– Estes dois sentimentos não têm termo de comparação – respondeu ela.

– Pois um já é mais forte que o outro... – decidiu Piombo.

– Também creio que sim... – concordou Ginevra.

– Ah, mas você não vai se casar com ele, não mesmo!... – gritou o corso, com a voz tão forte que os vidros do salão vibraram.

– Ah, mas vou, sim – respondeu tranqüilamente Ginevra.

– Meu Deus! Meu Deus! – gritou a mãe. – Quando é que vai terminar esta briga?... *Santa Virgina!* Entrai no meio deles!...

O barão, que estava andando pelo salão a passos largos, veio sentar-se. Uma severidade vítrea reluzia em seu rosto enquanto ele encarava a filha e dizia com voz doce e afável:

– Pois bem, Ginevra! Não, você não vai se casar com esse rapaz. Por favor, não me diga que sim, não esta noite!... Ao menos hoje, deixa que eu acredite no contrário. O que você quer? Ver teu pai ajoelhado à tua frente e seus cabelos brancos prosternados diante de ti?... É isso que você quer...? Então, vou te suplicar...

– Ginevra Piombo nunca foi habituada a prometer e depois não cumprir – respondeu ela. – Eu sou sua filha.

– Ela tem razão – disse a baronesa. – Todos somos trazidos a este mundo para nos casar.

– Agora você também a está encorajando em sua desobediência – disse o barão à esposa, a qual, ao ser atingida por essas palavras, transformou-se em estátua.

– Recusar-se a cumprir uma ordem injusta não é desobedecer – respondeu Ginevra.

– Uma ordem não pode ser injusta quando sai da boca de seu pai, minha filha! Por que está me julgando assim? A repugnância tão grande que estou sentindo não será um conselho vindo do alto? É possível que eu a esteja preservando de uma grande infelicidade.

– Infelicidade seria que ele não me amasse.

– Ah, sempre *ele*!...

– Sim, sempre – repetiu ela. – Ele é minha vida, meu bem, meu pensamento. Mesmo que eu obedeça à sua vontade, pai, ele vai permanecer para sempre em meu coração. Proibir-me de casar com ele não será a mesma coisa que fazer com que eu odeie o senhor?...

– Você não nos ama mais! – lastimou-se Piombo.

– Ai!... – protestou Ginevra, sacudindo a cabeça de impaciência.

– Veja bem: esqueça esse homem, permaneça fiel a nós. Depois que nós... você entende.

– Meu pai, o senhor quer que eu deseje sua morte? – exclamou Ginevra.

– Vou viver por muito mais tempo que você!... Os filhos que não honram seus pais morrem em seguida!... – gritou seu pai, que havia chegado ao último grau da exasperação.

– Razão de sobra então para que eu me case em seguida e seja feliz, nem que seja por pouco tempo!... – gritou ela.

O autocontrole e o poder de raciocínio de sua filha acabaram por descontrolar totalmente Piombo: o sangue lhe subiu à cabeça, e seu rosto ficou arroxeado. Ginevra estremeceu, lançou-se como um passarinho sobre os joelhos de seu pai, que permanecia sentado, passou-lhe os braços ao redor do pescoço, acariciou-lhe os cabelos e gritou, extremamente comovida:

– Ah, sim, que eu seja a primeira a morrer! Eu não poderia te sobreviver, meu pai, meu pai querido!...

– Ah, minha Ginevra, minha louca Ginevrina... – respondeu Piombo, cuja cólera se fundiu totalmente ao calor dessas carícias, como o gelo se derrete sob os raios do sol.

– Já era hora de pararem de brigar – disse a baronesa, com voz sumida.

– Pobre mamãe!...

– Ah, *Ginevretta*! Minha *Ginevra bella*!...

E o pai brincava com a filha como se ela fosse uma menina de seis anos, divertia-se despenteando os cachos ondulantes de seus cabelos, tentava jogá-la para o alto: sua ternura estava tingida por uma expressão de loucura. Logo sua filha o reconquistara com seus abraços e tentava obter por meio de brincadeiras a entrada de seu Louis no lar; todavia, mesmo brincando também, o pai recusou. Ela se fazia de amuada, recomeçava, se aborrecia realmente; entretanto, no fim da noite, ela se satisfez com ter gravado no coração de seu pai a idéia de seu amor por Louis e a possibilidade de um casamento próximo. No dia seguinte, ela não falou de seu amor, saiu mais tarde para o ateliê, voltou sem se atrasar; demonstrou-se ainda mais carinhosa com seu pai do que de costume e mostrou-lhe tacitamente seu reconhecimento, como se quisesse agradecer-lhe pelo consentimento que ele parecia, por meio do seu silêncio, dar agora ao matrimônio. Naquela noite, ela fez música durante longas horas, tocou piano e cantou, mas subitamente, como quem não quer nada, exclamou:

– Este Noturno é a duas vozes: falta uma voz masculina!...

Ela era italiana, e não é preciso dizer mais nada. Ao final de oito dias, sua mãe a chamou em particular, e ela foi vê-la; em voz baixa e junto a seu ouvido, ela falou:

– Consegui convencer seu pai a recebê-lo...

– Oh, mamãe! Como estou feliz!...

Naquele mesmo dia, Ginevra teve a felicidade de retornar à mansão de seu pai de braço dado com Louis. Era a segunda vez que o pobre oficial saía de seu esconderijo. As solicitações insistentes que Ginevra fizera ao duque de Feltre, na época ministro da Guerra, tinham sido coroadas de pleno sucesso. Louis acabara de ser reintegrado no exército, embora seu nome fosse incluído na relação dos oficiais da Reserva. Já era um grande passo para um futuro melhor. Instruído por sua amiga sobre todas as dificuldades que o esperavam em casa do barão, o jovem chefe de batalhão sequer ousava reconhecer o medo que estava sentindo de não conseguir agradá-lo. Este homem tão corajoso em face da adversidade, tão bravo no campo de batalha, tremia só de pensar em sua entrada no salão dos Piombo. Ginevra percebeu como ele estava arrepiado, e essa emoção, que ela sabia provocada pelo desejo de sua felicidade, foi para ela uma nova prova de amor.

– Mas como você está pálido! – comentou ela, quando chegaram à grande porta da mansão.

– Ah, Ginevra! Pois minha vida inteira não depende disso?...

Ainda que Bartholoméo tivesse sido prevenido

por sua esposa sobre a apresentação oficial desse camarada que Ginevra amava, não foi ao seu encontro; permaneceu na mesma poltrona em que tinha o hábito de sentar-se, e a severidade de seu rosto era perfeitamente glacial.

– Meu pai – disse Ginevra –, trago-lhe uma pessoa que o senhor, sem a menor dúvida, terá prazer em conhecer. É *monsieur* Louis, um soldado que combateu a quatro passos de distância do imperador na batalha de Mont-Saint-Jean...

O barão de Piombo ergueu-se, lançou um olhar furtivo sobre Louis e disse em um tom de voz bastante sardônico:

– O senhor nunca foi condecorado?...

– Eu não uso mais minha fita da Legião de Honra[44] – respondeu timidamente Louis, que permanecia em pé, com humildade.

Ginevra, ferida pela falta de educação de seu pai, puxou uma cadeira e convidou-o a sentar-se. Mas a resposta do oficial havia deixado satisfeito o velho servidor de Napoleão. Madame Piombo, percebendo que as sobrancelhas de seu marido haviam retornado à posição natural, entrou na conversa, procurando introduzir um pouco de animação:

– A semelhança do cavalheiro com Nina Porta é impressionante. Você não acha que o cavalheiro traz todos os traços fisionômicos dos Porta?

– Nada de mais natural – respondeu o jovem, sobre quem os olhos chamejantes do velho se fixaram. – Nina era minha irmã...

---

[44] Louis, como Bartholoméo, recusa-se a usar a condecoração que, após a queda de Napoleão, muitas vezes trazia o retrato de Henrique IV em vez do retrato do antigo imperador. (N. do E.)

– Então você é Luigi Porta?... – indagou o velho.

– Sim.

Bartholoméo di Piombo levantou-se, fraquejou e foi obrigado a ser apoiar nas costas de uma cadeira, olhando para sua mulher. Elisa Piombo veio até ele; a seguir, os dois velhos deram-se os braços e saíram silenciosamente do salão, abandonando sua filha com uma espécie de horror. Luigi Porta, estupefato, olhou para Ginevra, que ficou tão branca como uma estátua de mármore, mantendo os olhos fixos na porta por onde seu pai e sua mãe tinham desaparecido. Este silêncio e esta retirada tinham um aspecto tão solene que, talvez pela primeira vez na vida de Ginerva, o sentimento do medo entrou em seu coração. Ela apertou as mãos com força, uma contra a outra, dizendo em voz tão sumida que só poderia mesmo ter sido entendida por um amante:

– Quanta infelicidade em uma só palavra...

– Em nome de nosso amor, que foi que eu disse de errado? – quis saber Luigi Porta.

– Meu pai – respondeu ela – nunca me falou de nossa deplorável história, e eu era pequena demais quando saímos da Córsega para saber como foi.

– Nós estaríamos em vendeta, então? – indagou Luigi, tremendo.

– Sim, é verdade. Perguntando a minha mãe, fiquei sabendo que os Porta tinham matado meus irmãos e queimado nossa casa. Em vingança, meu pai massacrou toda a sua família. Como foi que você conseguiu sobreviver? Meu pai pensou que o havia amarrado firmemente às colunas de uma cama, antes de pôr fogo à casa...

– Não sei – respondeu Luigi. – Quando eu tinha seis anos, fui levado para Gênova e fiquei morando em casa de um velho chamado Colonna.[45] Não me contaram nenhum detalhe sobre minha família. Só fiquei sabendo que era órfão e que não tinha dinheiro. Esse Colonna me tratou como se fosse meu próprio pai e usei seu sobrenome até o dia em que entrei no serviço militar. Como eu não tinha certidão, nem outros documentos para provar quem eu era, o velho Colonna me disse então que eu, fraco e ainda quase uma criança, já tinha inimigos. Ele deu um jeito para que eu fosse engajado somente com o nome de Luigi, a fim de conseguir escapar deles.

– Vá embora, vá embora, Luigi – gritou Ginevra. – Não, não é possível, tenho de ir com você. Enquanto permanecer dentro da casa de meu pai, não terá nada a temer; mas assim que sair, tenha o maior cuidado!... Você vai sair de um perigo para cair noutro!... Meu pai tem dois empregados corsos e, se não for ele mesmo a ameaçar sua vida, então será um dos dois.

– Ginevra – disse ele, suplicante –, então esse ódio existirá até entre nós dois?

A jovem sorriu tristemente e baixou a cabeça. Em seguida, levantou os olhos novamente, com uma espécie de ferocidade e disse:

– Ah, Luigi, é preciso que nossos sentimentos sejam muito puros e muito sinceros para que eu tenha a força necessária para entrar no caminho em que vou seguir. Mas a nossa felicidade vai durar toda a vida, não vai?....

---

[45] Personagem fictícia de *A comédia humana.* (N. do T.)

Luigi só respondeu com um sorriso, apertando a mão de Ginevra. A jovem compreendeu que somente um grande amor podia abrir mão de declarações vulgares em um momento como aquele. A expressão calma e firme dos sentimentos de Luigi anunciava de qualquer maneira sua força e sua permanência. Nesse momento, selou-se o destino dos dois esposos. Ginevra previa ter de enfrentar lutas muito ferozes; mas a idéia de abandonar Louis, que por um instante tinha atravessado sua mente, desapareceu por completo. Sentindo que era dele para sempre, ela de imediato o puxou pela mão para fora da mansão com um assomo de energia e só o deixou quando chegaram à casa em que Servin havia alugado um quartinho modesto para ele. Ao retornar para a casa de seu pai, ela havia alcançado aquele tipo de serenidade que resulta de uma decisão definitiva: nenhum sinal externo em seu procedimento revelava sua inquietação. Ao encontrar seu pai e sua mãe, que se preparavam para jantar, contemplou-os com um olhar cheio de doçura e sem o menor traço de dureza; ela viu perfeitamente que sua velha mãe tinha chorado, e suas pálpebras inchadas e vermelhas abalaram seu coração por um momento; mas ela escondeu até mesmo esta emoção. Piombo parecia estar sentindo uma dor violenta demais, concentrada demais para que ele a pudesse manifestar através das expressões normais de todos os dias. Os criados serviram o jantar, mas ninguém comeu sequer um bocado. Horror ao alimento é um dos sintomas que demonstram as grandes crises da alma. Os três acabaram por levantar-se da mesa, sem que ninguém dissesse uma só palavra. Quando Ginevra foi sentar-se entre seu pai e sua mãe no grande salão sombrio e solene, Piombo quis falar, mas sua voz estava presa na garganta; tentou se levantar e ir embora, mas não sentia força para andar, sentou-se de novo e puxou o cordão da campainha para chamar o criado.

– Pietro – disse ao doméstico, quando ele se apresentou à porta –, acenda o fogo da lareira, estou com frio...

Ginevra estremeceu e contemplou seu pai com ansiedade. O combate interior que ele estrava travando devia ser horrível: seu rosto estava completamente modificado. Ginevra conhecia a extensão do perigo que a ameaçava, mas não tinha medo; ao mesmo tempo, os olhares furtivos que Bartholoméo lançava sobre sua filha pareciam revelar que, naquele momento, era ele quem temia seu caráter firme, cuja violência era resultado da própria criação que lhe dera. Entre os dois, tudo recaía nos extremos. Enquanto isso, a certeza das mudanças que se poderiam manifestar nos sentimentos do pai e da filha animava o rosto da baronesa com uma expressão de terror.

– Ginevra, você se apaixonou pelo inimigo de sua família – disse finalmente Piombo, sem ousar erguer os olhos para encarar a filha.

– É a pura verdade – respondeu ela.

– Terá de escolher entre ele e nós. Nossa vendeta é parte de nós mesmos. Quem não ajuda em minha vingança, não faz parte de minha família.

– Já fiz minha escolha – respondeu Ginevra, com voz perfeitamente calma.

A tranqüilidade de sua filha enganou Bartholoméo.

– Ah, minha querida filha! – exclamou o ancião, com as pálpebras umedecidas pelas lágrimas, as primeiras e as últimas que derramou em sua vida.

– Vou ser mulher dele – disse bruscamente Ginevra.

Bartholoméo pareceu ficar repentinamente ofuscado; mas recobrou o sangue-frio e replicou:

– Esse casamento não vai se realizar enquanto eu for vivo; jamais consentirei.

Ginevra ficou em silêncio.

– Escute – continuou o barão –, não percebe que esse Luigi é filho do mesmo homem que matou seus irmãos...?

– Ele tinha seis anos no momento em que o crime foi cometido. Não pode ser mais inocente – respondeu ela.

– Mas ele é um Porta! – gritou Bartholoméo.

– Mas por que razão devo compartilhar desse ódio? – perguntou vivamente a jovem. – Foi o senhor que me criou nessa crença de que um Porta era um monstro? Como é que eu ia saber que havia sobrado um único, depois que *o senhor* matou os outros? Não é a coisa mais natural do mundo que o senhor desista dessa vendeta por causa de meus sentimentos?

– Por um Porta? – indagou Piombo. – Se o pai dele a tivesse encontrado deitada na cama, você não estaria viva agora. Ele lhe daria cem vezes a morte, sem sequer pensar!...

– Isso é bem possível – respondeu ela –, mas seu filho me deu mais que a vida. Ver Luigi é uma felicidade sem a qual não posso mais viver. Foi Luigi que me revelou o mundo dos sentimentos. Talvez eu já tenha visto rostos bem mais bonitos que o dele, mas nenhum outro me encantou desta maneira; ou posso ter escutado outras vozes... não, não, nunca escutei uma voz de homem que fosse mais melodiosa que a dele... Luigi me ama e é ele que será meu marido.

– Isso nunca – disse Piombo. – Prefiro vê-la dentro de um caixão, Ginevra. O velho corso ergueu-se, começou a percorrer o salão a passos largos e foi largando as palavras a intervalos que demonstravam toda a sua agitação. – Você acha então que vai conseguir dobrar minha vontade? Vá perdendo a esperança. Não quero, de jeito nenhum, que um Porta seja meu genro. Esta é minha sentença final. Não se fala mais deste assunto entre nós dois. Eu sou Bartholoméo di Piombo, escutou bem, Ginevra?

Ela retorquiu, friamente:

– O senhor está acrescentando algum sentido misterioso a essas palavras?

– Elas significam simplesmente que tenho um punhal e que não sinto o menor temor da justiça dos homens. Nós, os corsos, só damos explicações a Deus.

– Pois bem! – disse a filha, enquanto se levantava. – Pois eu sou Ginevra di Piombo e declaro que, dentro de seis meses, serei esposa de Luigi Porta. O senhor não passa de um tirano, meu pai – acrescentou ela, calmamente, depois de uma pausa assustadora.

Bartholoméo fechou os punhos e golpeou o console da lareira.

– Ai de nós, que estamos em Paris! – protestou, em um murmúrio abafado.

Calou-se, cruzou os braços, baixou a cabeça sobre o peito e não pronunciou mais nenhuma palavra até o final da noite. Depois de ter manifestado sua vontade, a jovem demonstrou um sangue-frio incrível: sentou-se ao piano, cantou, tocou peças encantadoras com uma graça e um sentimento que demonstravam que seu espírito se achava em perfeita liberdade, triunfando assim sobre seu pai, cujo rosto permaneceu fechado, sem mostrar a menor comoção. Na verdade, o velho sentia-se cruelmente ressentido por aquela ofensa tácita, colhendo naquele instante um dos frutos amargos que a educação dada por ele mesmo à filha produzira. O respeito é uma barreira que protege tanto um pai ou mãe quanto seus filhos, evitando àqueles as tristezas e a estes os remorsos. No dia seguinte, Ginevra, que quisera sair à hora de costume em que ia para o ateliê de pintura, descobriu que a porta da casa lhe tinha sido trancada. Mas ela em seguida descobriu um meio de informar Luigi Porta sobre a severidade de seu pai. Ginevra simplesmente mandou ao jovem oficial uma carta por meio de uma criada que não sabia ler nem escrever. Durante cinco dias, os namorados se corresponderam sem dificuldades, graças a essas artimanhas que sempre se dá um jeito de arquitetar quando se está na casa dos vinte anos. Quanto ao pai e à filha, raramente se falaram nesse período. Ambos guardavam um princípio de ódio no coração, sofriam, mas orgulhosamente e em silêncio. Os dois reconheciam como eram fortes os laços de amor que os prendiam um ao outro; tentavam quebrá-los, mas não conseguiam. Nenhum pensamento doce vinha, como antes, alegrar os traços severos de Bartholoméo quando ele contemplava sua Ginevra. A jovem tinha uma expressão meio cruel, meio selvagem, quando contemplava seu pai, e o ressentimento dominava sua cabeça inocente; durante a maior parte do tempo, seus pensamentos renovavam sua felicidade, mas, às vezes, uma ponta de remorso parecia enternecer seu olhar. Não era difícil, nem mesmo para ela, adivinhar que jamais poderia gozar inteiramente de uma felicidade que causava tristeza a seus pais. Todavia, tanto em Bartholoméo como em sua filha, todas as irresoluções causadas pela bondade natural de suas almas eram logo afastadas pela ferocidade herdada do rancor particular dos corsos. Sua cólera mútua dava coragem à raiva sentida pelo outro e ambos fechavam os olhos para o futuro. Talvez ambos ainda se iludissem de que um dos dois acabaria por ceder.

No dia do natalício de Ginevra, sua mãe, que estava desesperada com tamanha desunião, cujo caráter ia ficando cada vez mais grave, meditou sobre uma forma de reconciliar pai e filha por meio das lembranças evocadas por este aniversário. Ela fez com que os três se reunissem no quarto de Bartholoméo, Ginevra adivinhou as intenções de sua mãe pelos sinais de hesitação que se refletiam em seu rosto e sorriu tristemente. Nesse momento, um criado anunciou dois notários acompanhados de várias testemunhas, que também entraram na peça. Bartholoméo encarou friamente esses homens, cujos rostos gelidamente comedidos ostentavam uma expressão indefinida, mas que poderia perfeitamente ferir almas tão apaixonadas como as dos três principais atores daquela cena. O velho voltou-se para sua filha com ar inquieto e viu em seu rosto um sorriso de triunfo que o fez suspeitar de alguma catástrofe; entretanto, como fazem os selvagens, ele pretendeu manifestar em sua própria fisionomia uma imobilidade enganosa, enquanto contemplava os dois notários com um ar calmo de curiosidade. Após serem convidados por um gesto do ancião, os estranhos sentaram-se.

– O cavalheiro é, sem a menor dúvida, o sr. barão de Piombo – declarou o mais velho dos escrivães.

Bartholoméo concordou com uma inclinação da cabeça. O escrivão correspondeu com um leve assentimento da sua, olhou para a moça com a expressão dissimulada de um oficial de justiça à espreita de um devedor para entregar-lhe uma intimação; tirou de um dos bolsos sua tabaqueira, abriu-a e retirou uma pitada de rapé, que começou a aspirar aos pouquinhos, enquanto escolhia as primeiras frases de sua declaração; logo a seguir, ao pronunciá-las, fazia pausas contínuas (uma manobra oratória que o sinal de reticências [...] representará com muita imperfeição).

– Cavalheiro – disse ele –, sou *monsieur* Roguin, notário contratado pela senhorinha sua filha e aqui estamos... meu colega e eu... para cumprir os ditames da lei e... pôr um termo às dissensões que... aparentemente... se introduziram... entre o senhor e a senhorinha sua filha... com relação... ao... casamento dela com *monsieur* Luigi Porta.

Essa frase, tão pedantemente construída, provavelmente pareceu bonita demais a *monsieur* Roguin para que pudesse ser compreendida de um único fôlego; nesse ponto, ele parou de falar e ficou olhando para Bartholoméo com a expressão característica dos homens de negócio, que pode ser descrita como um meio-termo entre servilismo e familiaridade. Acostumados a fingir um grande interesse pelas pessoas com quem falam, os escrivães acabam por colar ao rosto uma espécie de careta, uma máscara que colocam e retiram como seu *pallium*[46] oficial. Essa máscara de benevolência, cujo mecanismo é tão fácil de compreender, irritou Bartholoméo a tal ponto que ele precisou apelar para todo o seu controle e uma grande dose de paciência a fim de não jogar *monsieur* Roguin pela janela; de qualquer modo, uma expressão de cólera manifestou-se por meio de suas rugas, o que levou o notário a pensar: "Mas olhe só que efeito eu produzi nele!".

– Todavia – recomeçou com uma voz melosa –, sr. barão, neste tipo de ocasião, é função do Ministério Público começar sempre por atitudes essencialmente conciliadoras... Tenha a bondade, por gentileza, de procurar me entender... É evidente que *mademoiselle* Ginevra Piombo... atinge na própria data de hoje... a idade em que basta preencher os documentos necessários na forma da lei e as devidas declarações... com o devido respeito... para que possa ser celebrado um casamento... apesar da falta de consentimento dos pais... Ou... como é de uso corrente entre as famílias... que gozam de uma certa consideração... que pertencem à melhor sociedade... que conservam alguma dignidade... Às quais, para resumir, é importante não tornar público o segredo de suas próprias divisões... e que, além disso, não desejam causar dano a si próprias ao insistir firmemente... em reprovar o futuro

[46] Espécie de manto usado pelos magistrados. (N. do T.)

de dois jovens esposos... uma vez que isso corresponde a prejudicar a si mesmas... é de uso corrente... como afirmei anteriormente... entre tais famílias honradas... não permitir a subsistência de atos semelhantes... que permanecem entre seus membros e que... são monumentos a uma divisão que... acabará... por cessar... A partir do momento, cavalheiro, em que uma jovem se dispõe a assinar um instrumento público de consentimento... ela demonstra uma intenção demasiado firme para que seu pai e... sua mãe – acrescentou ele, voltando-se com uma vênia para a baronesa – possam esperar que ela venha a seguir seus conselhos e voltar atrás... Nesse caso, o instrumento público torna nula a resistência paterna... por meio de seu registro... além de que... conforme consta dos requisitos da lei civil... afirma-se que todo homem sensato... após expressar uma última exprobração a seu descendente... deve conceder-lhe liberdade para...

Monsieur Roguin interrompeu-se, percebendo que poderia seguir falando naquele tom por mais duas horas sem obter o menor resultado; além disso, estava começando a sentir uma certa inquietação com referência ao aspecto do homem que ele tentava convencer. Uma transformação extraordinária ocorrera na fisionomia de Bartholoméo: todas as suas rugas se haviam aprofundado, o que lhe dava um ar de crueldade indefinível, enquanto ele lançava sobre o notário o olhar de um tigre a ponto de dar o bote. A baronesa permanecia muda e passiva. Ginevra, calma e resoluta, esperava; ela sabia que a voz do escrivão era mais poderosa que a sua; de qualquer modo, havia se decidido a manter silêncio durante a entrevista. No momento em que Roguin se calou, a cena se tornou tão assustadora que as testemunhas idôneas que haviam sido convocadas tremeram: nunca, em ocasiões semelhantes, tinham encontrado um silêncio daqueles. Os escrivães consultaram-se com o olhar, ergueram-se e foram conferenciar perto da porta.

– Você já encontrou clientes semelhantes a esses? – perguntou Roguin a seu colega.

– Não adianta insistir – respondeu o mais jovem. – Se eu fosse você, passava imediatamente à leitura da ata. O velhote não me parece nada engraçado, está encolerizado, e você simplesmente não vai ganhar nada tentando *argumentar* com ele...

Monsieur Roguin leu o conteúdo de um papel timbrado contendo um instrumento público e procuração redigidos de antemão e indagou friamente de Bartholoméo qual era sua resposta.

– Existem então na França leis que destroem o poder paterno? – indagou o corso.

– Cavalheiro... – começou Roguin, com a mais untuosa das vozes.

– Que arrancam uma filha de seu pai...?

– Cavalheiro...

– Que privam um velho de seu último consolo...?

– Cavalheiro, sua filha só lhe pertence até...

– Até que me matem?

– Cavalheiro, permita-me, por favor...

Nada é mais horrível que o firme controle e o raciocínio legalmente exato dos notários públicos em meio às cenas apaixonadas em que eles estão acostumados a intervir. Os rostos que Piombo contemplava lhe pareciam saídos do inferno; sua raiva fria e concentrada não encontrou mais limites no momento em que a voz calma e quase aflautada de seu pequeno antagonista pronunciou esta solicitação fatal: "Permita-me, por favor...". Ele agarrou de um salto um longo punhal que pendia de um prego na parede, por cima da chaminé da lareira, e lançou-se sobre sua filha. O mais jovem dos notários e uma das testemunhas atiraram-se entre ele e Ginevra; mas Bartholoméo empurrou brutalmente para um lado os dois conciliadores, enfrentando-os com um rosto em fogo e um olhar flamejante, que parecia ainda mais terrível que os reflexos da claridade sobre a lâmina do punhal. Quando Ginevra ficou frente a frente com o pai, ela o contemplou fixamente com um ar de triunfo, cobriu lentamente o espaço que ainda os separava e ajoelhou-se.

– Não! Não, eu não consigo! – gritou ele, lançando a arma para longe com tanta força que o punhal se cravou nos lambris de madeira.

– Pois então, tenha misericórdia! – exclamou ela. – O senhor não tem coragem de me matar e se recusa a me dar a vida!... Ah, meu pai, nunca o amei tanto quanto agora, conceda-me Luigi!... Eu lhe peço seu consentimento de joelhos: uma filha pode humilhar-se diante de seu pai. Dê-me Luigi, senão eu morro!...

A irritação violenta que a sufocava impediu-a de continuar. Faltou-lhe a voz. Seus esforços convulsivos para falar deixavam bem claro que ela se achava entre a vida e a morte. Bartholoméo empurrou duramente sua filha:

– Fuja, então!... – disse ele. – A mulher de Luigi Porta não poderá mais ser uma Piombo. Não tenho mais filha!... Não tenho forças para te amaldiçoar;

mas eu te abandono e você não tem mais pai. Minha Ginevra Piombo está enterrada aqui – gritou com voz profunda, apertando o peito à altura do coração. – Vá embora, então, infeliz – acrescentou, após um momento de silêncio. – Vá embora daqui e nunca mais me apareça na frente.

Tomou Ginevra por um braço e conduziu-a silenciosamente até a porta da casa.

– Luigi – disse Ginevra, aos prantos, quando entrou no modesto quarto em que se achava o oficial. – Meu Luigi, não temos mais qualquer fortuna: só o nosso amor!...

– Então somos mais ricos que todos os reis da Terra – respondeu ele.

– Meu pai e minha mãe me abandonaram – falou ela, cheia de profunda melancolia.

– Eu te amarei em lugar deles.

– Então, seremos bem felizes? – exclamou ela, com uma alegria que tinha algo de assustador.

– Sempre! – assegurou ele, apertando-a contra o coração.

Um dia depois que Ginevra deixou a casa de seu pai, ela foi suplicar a madame Servin que lhe desse abrigo e proteção até a época fixada por lei para seu casamento com Luigi Porta. Foi então que começou para ela a aprendizagem das desventuras que o mundo semeia ao redor daqueles que não conhecem seus costumes. Muito aflita pelo mal que a aventura de Ginevra tinha causado a seu marido, madame Servin recebeu friamente a fugitiva, explicando-lhe com palavras friamente circunspectas que não devia contar com seu apoio. Orgulhosa demais para insistir, mas espantada por encontrar um egoísmo com o qual não estava habituada, a jovem corsa foi alojar-se no hotel mais próximo que encontrou da casa em que morava Luigi. O filho dos Porta vinha passar todos os dias aos pés de sua futura esposa; seu jovem amor e a pureza de suas palavras dissipavam as nuvens que a reprovação paterna acumulara sobre a fronte da filha banida de casa, ao mesmo tempo em que ele lhe pintava um futuro tão belo que ela acabava por sorrir, não obstante nunca conseguisse esquecer o rigor de seus pais.

Certa manhã, uma das criadas do hotel trouxe a Ginevra várias malas que continham tecidos, lençóis e uma porção de coisas necessárias a uma jovem que está montando sua própria casa; ela reconheceu nesta remessa a bondade previdente de sua mãe, pois, ao examinar os presentes, ela encontrou uma bolsa em que a baronesa havia colocado uma soma que pertenceria à filha, depositando dentro dela o fruto de todas as suas economias. O dinheiro era acompanhado de uma carta, em que a mãe suplicava à filha que abandonasse seu funesto projeto de casamento, se ainda não havia sido concretizado; ela passara, segundo dizia, as maiores dificuldades e tivera de tomar precauções inusitadas para fazer chegar aquele pobre auxílio às mãos de Ginevra; suplicava que não a acusasse de dureza se, depois disso, a deixasse no abandono, porque ela temia não conseguir novamente os meios para assisti-la; ela lhe mandava suas bênçãos e seus melhores votos para que alcançasse a felicidade por meio daquele casamento fatal, se é que persistiria em seus planos para realizá-lo, e assegurava passar todo o tempo pensando em sua filha querida. Nessa altura da carta, manchas de lágrimas haviam borrado muitas palavras.

– Ai, mamãe!... – lamentou-se Ginevra, enternecida. Ela sentia uma necessidade violenta de se jogar a seus pés, de vê-la, de respirar o ar benfazejo da mansão paterna; já estava a ponto de sair porta afora, quando Luigi entrou; no momento em que o contemplou, sua ternura filial se evaporou, suas lágrimas secaram, e ela não sentiu mais força para abandonar aquele rapaz tão infeliz e tão amoroso. Como ela poderia se tornar a única esperança de uma nobre criatura, amá-lo e depois abandoná-lo?... Esse sacrifício é o tipo de traição de que são incapazes as almas dos jovens. Ginevra teve, ademais, a generosidade de amortalhar sua dor no fundo de sua alma.

Finalmente, chegou o dia do casamento. Ginevra não tinha ninguém do seu lado. Luigi tinha aproveitado as horas em que ela se vestia e se preparava para a cerimônia a fim de ir buscar as testemunhas necessárias para o ato civil. Todas as testemunhas eram gente pobre, mas corajosa. Um deles era o antigo ferrador dos cavalos do regimento dos hussardos e devia a Luigi, desde o tempo em que haviam servido juntos no exército, certos favores que não se apagam nunca do coração de um homem honesto; vivia agora do aluguel de carruagens e possuía alguns fiacres. O outro, que se tornara mestre-de-obras, era proprietário da casa em que o jovem casal pretendia morar. Cada um deles trouxe consigo um amigo, e então foram os quatro com Luigi para buscar a noiva. Pouco acostumados com as conveniências sociais e achando muito simples o serviço que estavam prestando a Luigi, esses homens estavam adequadamente trajados, mas sem qualquer luxo, e nada anunciava a passagem do alegre cortejo de uma boda. A própria Ginevra vestia-se muito singelamente, a fim de se conformar com sua nova situação econômica; não obstante, sua beleza tinha algo de tão nobre e de tão imponente que, ao vê-la, as palavras morreram nos lábios das testemunhas, que se acreditaram obrigadas a lhe fazer um cumprimento; eles a saudaram com respeito, ela inclinou-se; eles a ficaram contemplando em silêncio e nada mais conseguiram fazer a não ser admirá-la. Todavia, essa reserva esfriou o relacionamento entre eles. A alegria só se pode manifestar plenamente entre pessoas que se sentem iguais. O acaso determinou então que tudo fosse sombrio e grave ao redor dos noivos. Nada refletia a felicidade deles. Nem a igreja, nem a Prefeitura em que se localizava o cartório ficavam muito distantes do hotel. Os dois corsos, seguidos pelas quatro testemunhas que eram exigidas por lei, decidiram ir a pé, em uma simplicidade que despojou de qualquer pompa aquela grande cena da vida social.

No pátio da Subprefeitura, encontraram um grande número de carros e de cavalos, que anunciavam a presença de bastante gente no prédio. Subiram as escadas e chegaram a uma grande sala em que os noivos cujos matrimônios tinham sido marcados para esse dia esperavam com bastante impaciência a chegada do subprefeito do bairro. Ginevra sentou-se, ao lado de Luigi, na ponta de um banco comprido, mas as quatro testemunhas ficaram de pé, porque não havia mais lugar para todos. Duas noivas pomposamente vestidas de branco, carregadas de fitas, de rendas e de pérolas, coroadas com diademas de flores de laranjeira, cujos botões acetinados tremiam por debaixo das dobras de seus véus, estavam cercadas por suas alegres famílias, acompanhadas pelas mães, que as olhavam com um ar ao mesmo tempo satisfeito e choroso; todos os olhares refletiam felicidade, e cada rosto parecia desejar-lhes as maiores bênçãos. Os pais, as testemunhas, os irmãos e as irmãs iam e vinham, como um enxame em um raio de sol que desaparecerá em breve. Cada semblante demonstrava compreender o valor daquele momento fugidio em que, uma vez na vida, o coração se encontra entre duas esperanças: as boas recordações do passado e as promessas do futuro. Ao ver tudo isso, Ginevra sentiu como se seu coração inchasse dentro do peito e apertou o braço de Luigi, que lhe lançou um olhar. Uma lágrima rolou naquele momento pela face do jovem corso, que compreendeu então melhor do que nunca tudo o que sua Ginevra estava sacrificando por amor dele. Aquela lágrima preciosa fez com que a jovem esquecesse o abandono em que se encontrava. O amor derramou tesouros de luz entre os dois enamorados, que não viram mais ninguém além deles, no meio de todo aquele tumulto; ali estavam, sozinhos no meio da multidão, tal como seria durante a vida que tinham pela frente. As testemunhas, indiferentes à cerimônia, conversavam tranqüilamente sobre seus negócios.

– A aveia está muito cara – comentava o ferrador do regimento com o mestre-de-obras.

– Se quer saber, ainda não encareceu tanto quanto o gesso, se guardarmos as devidas proporções – respondeu o mestre-de-obras.

Saíram para dar uma volta pelo salão.

– Como se perde tempo aqui! – comentou o pedreiro, colocando de volta no bolso do colete seu grande relógio de prata.

Luigi e Ginevra, abraçados um ao outro, pareciam ser a mesma pessoa. Certamente um poeta teria admirado essas duas cabeças, unidas pelo mesmo sentimento, os cabelos e as faces das mesmas cores, melancólicas e silenciosas na presença de dois casamentos ruidosos, diante de quatro famílias barulhentas, reluzindo de diamantes e de flores, mas cuja alegria, por maior que parecesse, tinha alguma coisa de passageira. Tanto quanto aqueles grupos ruidosos e esplêndidos manifestavam sua alegria externa, Luigi e Ginevra guardavam a sua no fundo de seus corações. De um lado, a ostentação grosseira do prazer; do outro, o silêncio delicado das almas felizes: a terra e o céu. Mas a trêmula Ginevra não sabia desfazer-se inteiramente das fraquezas próprias de uma mulher. Supersticiosa como a maioria das italianas, ela queria ver um presságio nesse contraste e mantinha no fundo de seu coração uma pitada de medo, tão invencível quanto seu amor. Subitamente, um escriturário usando o uniforme dos funcionários da Prefeitura abriu de par em par as duas folhas de uma porta, fez-se silêncio no recinto, e sua voz retiniu como um latido, enquanto chamava *monsieur* Luigi da Porta e *mademoiselle* Ginevra di Piombo. O chamado causou um embaraço momentâneo aos noivos. A celebridade do nome de Piombo atraiu a atenção de todos, e os espectadores olharam ao redor esperando ver um suntuoso cortejo de bodas. Ginevra levantou-se, seu olhar cintilante de orgulho dominou a multidão inteira, ela deu o braço a Luigi e marchou em frente, com passo firme, seguida de suas testemunhas. Um murmúrio de espanto ia crescendo à sua passagem, um cochicho geral que veio recordar a Ginevra que o mundo lhe reclamava a ausência de seus pais. Era como se a maldição paterna a perseguisse.

– Espere pelas famílias – disse o subprefeito ao escrivão, que já se preparava para ler a ata.

– O pai e a mãe não deram consentimento – respondeu calmamente o secretário.

– Dos dois lados? – insistiu o subprefeito, surpreso.

– O noivo é órfão.

– Onde estão as testemunhas?

– São aqueles ali – respondeu novamente o secretário, mostrando os quatro homens imóveis e mudos que, de braços cruzados, pareciam estátuas.

– Bem, mas se os pais não consentem...? – reclamou o subprefeito.

– Os termos de compromisso e instrumento público foram redigidos legalmente – replicou o escrivão, levantando-se para mostrar ao subprefeito os documentos anexados à ata do casamento.

Esse debate burocrático tinha qualquer coisa de difamante e continha em poucas palavras uma história inteira. O ódio entre os Porta e o Piombo e suas terríveis paixões foram escritos em uma página do registro de estado civil, assim como, sobre a lápide de um túmulo, são gravadas em poucas linhas ou anais de um povo inteiro, muitas vezes em uma única palavra: Robespierre ou Napoleão. Ginevra tremia. Do mesmo modo que uma pomba que consegue atravessar os mares somente pode pousar as patinhas sobre o arco de uma ponte, ela só podia refugiar seus olhares nos olhos de Luigi, pois tudo mais ao seu redor era triste e frio. O subprefeito tinha um ar reprovador e severo, e seus funcionários contemplavam os noivos com curiosidade malfazeja. Aquela cerimônia podia parecer qualquer coisa, menos uma festa. Como todos os aspectos da vida humana, quando são despojados de seus acessórios, esse fato, simples em si mesmo, era imenso nos pensamentos de seus participantes. Depois de duas ou três perguntas respondidas pelos noivos, após algumas palavras resmungadas pelo subprefeito, em seguida à aposição de suas assinaturas no livro de registro, Luigi e Ginevra foram declarados marido e mulher. Os dois jovens corsos, cuja aliança continha toda a poesia atribuída tão genialmente a Romeu e Julieta, atravessaram duas alas de parentes alegres que não somente não tinham o menor interesse por eles, como já quase se impacientavam pelo atraso que lhes impunha aquele casamento aparentemente tão triste. Quando a jovem chegou ao pátio da subprefeitura e enxergou o céu, um suspiro de alívio escapou de seu seio.

– Será que uma vida inteira de cuidados e de amor será suficiente para reconhecer a coragem e a ternura de minha Ginevra? – disse-lhe Luigi.

Ao ouvir estas palavras, acompanhadas por lágrimas de felicidade, a recém-casada esqueceu todos os seus sofrimentos; pois ela havia ousado apresentar-se diante do mundo para reclamar uma felicidade que sua família recusava-se a consentir.

– Por que as pessoas se intrometem entre nós? –

disse ela, com uma ingenuidade de sentimentos que encantou Luigi.

O prazer tornava agora os dois esposos mais leves. Não enxergavam nem o céu, nem a terra, nem as casas, e voaram para a igreja como se tivessem asas. Finalmente, chegaram a uma pequena capela escura e se postaram diante de um altar sem ornamentos, em que um velho padre celebrou sua união. Lá, do mesmo modo que na Subprefeitura, eles foram rodeados pelos dois cortejos de casamento que pareciam persegui-los com seu brilho e sua pompa. A nave da igreja, cheia de amigos e de parentes, ressoava com o barulho que faziam as carruagens, os bedéis, os porteiros e os padres. Os altares brilhavam com todo o luxo das alfaias eclesiásticas, as guirlandas de flores de laranjeira que coroavam as imagens da Virgem pareciam novas. Só se avistavam flores, só se aspiravam perfumes, só se contemplavam círios cintilantes, só se percebiam almofadas de veludo bordadas a fio de ouro. Até Deus parecia tornar-se cúmplice daquela alegria de um dia só. Quando foi necessário segurar por cima das cabeças de Luigi e de Ginevra as guirlandas, aqueles símbolos de união eterna, aquele jugo de cetim branco, doce e brilhante, leve para alguns, mas de chumbo para a maioria, o padre procurou em vão os coroinhas, aqueles meninos que executam essa tarefa alegre; foi necessário que duas das testemunhas os substituíssem. O eclesiástico fez um sermão apressado aos esposos sobre os perigos da vida conjugal, sobre os deveres que eles deveriam ensinar algum dia a seus futuros filhos; enquanto mencionava esse assunto, deixou escapar uma repreensão indireta pela ausência dos pais de Ginevra;

a seguir, depois de havê-los unido perante Deus, como o subprefeito os havia unido dentro dos termos da lei,[47] terminou sua missa e os deixou:

– Deus os abençoe!... – disse o ferrador Vergniaud[48] ao mestre-de-obras, sob o pórtico da igreja. – Nunca vi outras duas criaturas melhor feitas uma para a outra. Os pais dessa moça são cegos... Nunca conheci um soldado mais valente que o coronel Louis!... Se todo mundo se tivesse comportado como ele, o resultado teria sido bem diferente!...

A bênção do soldado, a única que nesse dia lhes tinha sido dada, derramou-se sobre o coração de Ginevra como se fosse um verdadeiro bálsamo.

Separaram-se apertando as mãos, e Luigi agradeceu cordialmente a seu senhorio.

– Adeus, meu bravo!... – disse a seguir Luigi ao ferrador. – Eu lhe agradeço muito.

– Sempre a seu serviço, meu coronel. Alma, corpo, cavalos e viaturas, tudo que é meu, é seu.

– Como ele gosta de você!... – disse Ginevra.

Luigi conduziu rapidamente sua noiva recém-casada para a casa em que deveriam morar, e chegaram bem depressa a seu modesto apartamento; quando a porta se fechou atrás deles, Luigi tomou sua esposa nos braços, exclamando:

– Ah, minha Ginevra!... Aqui é a verdadeira festa, pois agora que é finalmente minha... Aqui – prosseguiu depois de uma pequena pausa – tudo vai nos sorrir.

---

[47] Na época, os subprefeitos de cada *arrondissement* de Paris acumulavam as funções de juiz de paz. (N. do T.)

[48] Personagem fictícia de *A comédia humana*. (N. do T.)

Percorreram juntos as três peças que compunham seu alojamento. A peça de entrada servia como sala de visitas e de refeições. À direita, havia um quarto de dormir; à esquerda, a maior das três peças, que Luigi tinha mandado arrumar para sua querida esposa e onde ela encontrou seus cavaletes, a caixa de tintas, as figuras de gesso, os modelos, os manequins, os quadros, os cadernos de esboços, em resumo, todo o mobiliário necessário para o trabalho de um pintor.

– Então é aqui que eu vou trabalhar... – murmurou ela, com uma expressão infantil a recobrir-lhe o rosto. Ela olhou por longo tempo os papéis de parede e os móveis e sempre retornava o olhar para Luigi a fim de lhe agradecer, porque ele havia conseguido reunir uma espécie de magnificência dentro daquele espaço reduzido: uma estante mostrava os livros favoritos de Ginevra e, ao fundo, havia até mesmo um piano. Ela sentou-se em um divã, puxou Luigi para perto dela e apertou sua mão.

– Você tem muito bom gosto – disse, com voz acariciante.

– Suas palavras me deixam tão feliz... – respondeu ele.

– Mas vamos ver tudo... – exigiu Ginevra, porque Luigi havia feito mistério dos ornamentos que estava reunindo para aquele pequeno retiro.

Foram então para a câmara nupcial, fresca e branca como uma virgem.

– Ah, vamos sair... – disse Luigi, rindo.

– Deixe, eu quero ver tudo...

E a imperiosa Ginevra examinou o mobiliário com a inspeção curiosa de um antiquário estudando uma medalha, tocou as sedas e passou tudo em revista, com o mesmo contentamento ingênuo de qualquer recém-casada, que vai retirando de dentro da cesta de enxoval as riquezas que outros ali haviam colocado.

– Estamos começando a vida nos arruinando – disse ela, meio alegre, meio entristecida.

– Lá isso é verdade! Todos os meus soldos atrasados estão investidos aqui – respondeu Luigi. – Vendi o direito de cobrar os atrasados a um homem muito honesto, chamado Gigonnet.[49]

– Mas por quê? – retorquiu ela, em um tom de reprovação em que se percebia uma satisfação secreta. – Você acha que eu seria menos feliz num sótão? Seja como for – continuou –, tudo isso é muito bonito e o melhor é que tudo é nosso...

Luigi a contemplava com tanto entusiasmo que ela beijou os olhos dele e disse:

– Vem cá, vamos ver o resto...

Acima das três peças principais, diretamente sob o telhado, havia um escritório para Luigi, uma cozinha e até mesmo um quarto para uma empregada. Ginevra sentiu-se muito satisfeita com seu pequeno domínio, embora a vista fosse limitada pelas paredes altas de uma casa vizinha, o que significava também que o pátio por onde entrava a luz era bastante sombrio. Mas os dois enamorados tinham o coração tão cheio de alegria e a esperança lhes embelezava tanto o futuro que eles só queriam enxergar imagens encantadoras em seu asilo misterioso. Estavam nos fundos da vasta casa e perdidos na imensidão de Paris, como duas pérolas ainda encravadas na concha de uma os-

---

[49] Personagem fictícia de *A comédia humana.* (N. do T.)

tra, no seio dos mares profundos; mesmo que para outros pudesse parecer uma prisão, para eles era o paraíso. Os primeiros dias de sua união pertenceram inteiramente ao amor. Foi muito difícil para qualquer dos dois lançar-se de imediato ao trabalho e simplesmente não conseguiam resistir ao encanto de sua própria paixão. Luigi passava horas inteiras deitado aos pés de sua esposa, admirando a cor de seus cabelos, o formato de sua testa, as órbitas encantadoras que emolduravam seus olhos, a pureza e a brancura dos dois arcos sob os quais eles deslizavam lentamente, expressando a felicidade de um amor satisfeito. Ginevra acariciava ao mesmo tempo a cabeleira de seu Luigi, sem se cansar de contemplar, segundo uma de suas expressões, *la beltà folgorante*[50] do rapaz e a delicadeza de seus traços. Sentia-se sempre seduzida pela nobreza de suas maneiras, como ela o seduzia sempre pela graça das suas. Eles brincavam como crianças por pequenos nadas, coisinhas aparentemente insignificantes que os reconduziam sempre ao auge de sua paixão; só interrompiam estes jogos para se entregar aos devaneios do *far niente.*[51] Uma ária qualquer cantada por Ginevra lhes recordava ainda as nuanças delicadas de seu amor. Depois, unindo seus passos como haviam unido suas almas, percorriam os campos e lá encontravam seu amor por toda parte, sobre as flores, sob os céus, no seio das cores ardentes

[50] Beleza fulgurante. No original, *bellà* em vez de *beltà* poderia ser uma variação dialetal de alguma região da Córsega, mas provavelmente é erro de revisão. (N. do T.)

[51] *[Dolce] far niente*, expressão italiana em louvor do ócio, a "doçura de não fazer nada". (N. do T.)

do sol que se punha. Liam mensagens de amor nas grandes nuvens de chuva que lutavam caprichosamente umas com as outras no firmamento dos céus. Um dia nunca se parecia com o precedente, o amor deles cruzava por toda parte, porque era um amor verdadeiro. Dentro de poucos dias, isso já estava plenamente provado, e eles haviam reconhecido instintivamente que suas almas pertenciam àquela categoria cujas riquezas inesgotáveis parecem sempre prometer novos regozijos para o futuro. O deles era um amor completamente ingênuo, com suas conversas intermináveis, suas frases inacabadas, seus longos silêncios, seu repouso languidamente oriental seguido por períodos de ímpeto e arrebatamento. Luigi e Ginevra haviam compreendido tudo sobre o amor. Pois o amor não é como o mar que, visto superficialmente ou às pressas, é acusado de monotonia pelas almas vulgares, enquanto certos entes privilegiados podem passar a vida inteira a admirá-lo, nele encontrando sem cessar fenômenos encantadores em perene mudança?

Entretanto, um dia a Providência veio arrancar os jovens esposos de seu Éden particular: tornou-se necessário trabalhar para viver. Ginevra, que era dotada de um talento singular para imitar os velhos quadros, começou a fazer cópias e logo formou clientela entre os vendedores de quinquilharias e nas lojas de bricabraque. Luigi, do seu lado, procurava ativamente um emprego; mas era muito difícil para um jovem oficial, cujos talentos se limitavam ao comando e ao conhecimento da estratégia, encontrar um trabalho em Paris. Finalmente, um dia em que, cansado de se esforçar em vão, sentia-se cheio de desespero por ver que o fardo de sua existência repousava inteiramente sobre os ombros de Ginevra, lembrou-se de aproveitar sua caligrafia, que era muito bonita. Com uma constância cujo exemplo lhe era dado por sua mulher, foi atrás dos procuradores judiciais, os notários e os advogados de Paris, oferecendo-lhes seus serviços. Sua maneira franca de expor sua situação despertou grande interesse em seu favor, e ele logo obteve tanto trabalho como copista que se viu forçado a subcontratar alguns jovens amanuenses. Gradativamente, ele começou a reproduzir escrituras e outros documentos em grande quantidade. O resultado dessa escrituração e o preço obtido pela venda dos quadros de Ginevra acabaram por conduzir o jovem casal a um situação financeira tão folgada que os deixou orgulhosos, porque toda a renda que entrava era o resultado de seu próprio trabalho. Aquele foi para eles o melhor momento de suas vidas. Os dias se escoavam rapidamente entre as ocupações e as alegrias do amor. À noite, depois de terem trabalhado bastante, eles se recolhiam, cheios de satisfação, à sala de Ginevra. A música os consolava de suas fadigas. Nunca uma expressão de melancolia vinha obscurecer os traços da jovem, nem ela jamais se permitia uma queixa. Ela sabia sempre aparecer diante de seu Luigi com um sorriso nos lábios e com os olhos brilhantes de amor. Ambos cultivavam um pensamento dominante, que lhes permitia encontrar prazer nos trabalhos mais difíceis: Ginevra dizia a si mesma que trabalhava para Luigi, enquanto Luigi pensava que todos os seus esforços eram por Ginevra. Algumas vezes, quando seu marido estava ausente, a jovem sonhava com a felicidade perfeita que ela teria tido se aquela vida de amor transcorresse na presença de seu pai e de sua mãe; ela recaía então em um acesso de melancolia profunda, sob o aguilhão poderoso dos remorsos. Cenários sombrios passavam como quadros em sua imaginação: ela via seu velho pai sozinho ou sua mãe chorando a noite toda, mas esforçando-se para ocultar suas lágrimas do inflexível Piombo; suas duas cabeças brancas e sérias desenhavam-se subitamente diante de seus olhos e parecia que nunca mais as contemplaria senão sob a luz fantasiosa da memória. Essa idéia a perseguia como um pressentimento. Ela celebrou o primeiro aniversário de seu casamento dando a seu marido um retrato que ele sempre desejara, justamente o de sua Ginevra. Nunca a jovem artista havia pintado algo tão notável como esse auto-retrato. Além de uma semelhança perfeita, o esplendor de sua formosura, a pureza de seus sentimentos e até mesmo a felicidade do amor encontravam-se expressados nas linhas de seu rosto como por um sortilégio mágico. A obra-prima foi inaugurada. Passaram um segundo ano vivendo com conforto. A história de sua vida durante esse segundo ano pode ser escrita em três palavras: *eles eram felizes.* Não ocorreu mais nenhum outro evento que valha a pena relatar.

No começo do inverno do ano de 1819, entretanto, os comerciantes de quadros aconselharam a Ginevra que lhes trouxesse outras coisas além de cópias, porque já não as conseguiam vender com lucro suficiente, em virtude da concorrência. Madame Porta reconheceu que fizera mal em não se ter empenhado mais em pintar quadros "de gênero", que a essa altura já lhe teriam conquistado um certo prestígio; tentou fazer retratos, mas precisou competir com uma multidão de artistas que eram ainda menos ricos do que ela. Todavia, como Luigi e Ginevra tinham reunido uma certa quantidade de dinheiro, não se desesperaram imediatamente. No final do inverno daquele mesmo ano, Luigi trabalhava sem descanso. Ele também lutava contra concorrentes: o preço pago pelas cópias de escrituras tinha baixado a tal ponto que não lhe sobrava dinheiro para empregar quaisquer auxiliares e sentia-se obrigado a gastar muito mais tempo em seu labor para receber as mesmas somas de antes. Sua mulher tinha completado muitos quadros que não eram destituídos de mérito; mas naquela estação, os comerciantes quase nem compravam as obras de artistas que já gozavam de boa reputação; Ginevra passou a oferecê-los a preço vil e nem assim conseguia vender. A situação desse lar assumiu um aspecto espantoso: as almas dos esposos nadavam em felicidade, enquanto o Amor os cumulava de tesouros; ao mesmo tempo, a Pobreza levantava-se como um esqueleto ambulante de permeio a essa colheita de prazer, e eles escondiam sua preocupação um do outro. No momento em que Ginevra se sentia a ponto de chorar por ver o sofrimento de seu Luigi, ela engolia as lágrimas e o recobria de carinhos. Do mesmo modo, era nos momentos em que Luigi sentia a mais negra desolação dentro de seu peito que expressava o mais terno amor a Ginevra. Eles buscavam uma compensação para seus males na exaltação de seus sentimentos, enquanto suas palavras, suas alegrias, suas brincadeiras se impregnavam de uma espécie de frenesi. Ambos estavam com medo do futuro. Qual é o sentimento cuja força se deva comparar com a de uma paixão que possa cessar no dia seguinte, executada pela necessidade ou mesmo pela morte? Quando eles mencionavam sua indigência, sentiam necessidade de enganar um ao outro e se agarravam com igual ardor ao menor farrapo de esperança. Uma noite, Ginevra acordou-se e foi encostar-se em Luigi, não o encontrou e levantou-se, cheia de susto. Uma luz fraca refletida pelo muro negro do patiozinho fez com que adivinhasse que seu marido estava trabalhando durante as altas horas da noite. Luigi esperara até que sua esposa adormecesse, antes de subir para seu pequeno escritório. Soaram as quatro da manhã. Ginevra recostou-se e fingiu estar dormindo quando Luigi retornou, morto de cansaço e de sono; Ginevra ficou olhando dolorosamente aquele belo rosto sobre o qual as dificuldades e preocupações já começavam a imprimir algumas rugas.

– É por minha causa que ele passa as noites a escrever – disse a si mesma, entre lágrimas.

Um pensamento fez secarem suas lágrimas. Ela pensou que deveria imitar Luigi. Nesse mesmo dia, ela foi à loja de um rico comerciante de estampas e, com a ajuda de uma carta de recomendação que ela recebera de Élie Magnus,[52] um dos seus clientes de quadros, destinada a esse mesmo negociante, ela obteve um trabalho como colorista de estampas. De dia, ela ainda pintava e ocupava-se com os cuidados da casa; quando a noite chegava, ela se punha a colorir gravuras. Desse modo, esses dois seres tão apaixonados

---

[52] Personagem fictícia de *A comédia humana.* (N. do T.)

só se deitavam no leito nupcial para dele sair pouco depois. Ambos fingiam dormir e, por devotamento, saíam da cama assim que um pensava ter enganado o outro. Uma noite, Luigi, sucumbindo a essa espécie de febre causada por um trabalho sob cujo peso ele começava a se dobrar, abriu a janelinha de seu pequeno escritório para respirar o ar puro da manhã e aliviar as dores que sentia pelo corpo; subitamente, ao baixar os olhos, percebeu a luz projetada sobre o muro pela lâmpada de Ginevra e, num relance, o infeliz adivinhou tudo: desceu as escadas e caminhou sem fazer barulho, surpreendendo sua esposa no centro de seu ateliê, colorindo suas gravuras como se fossem iluminuras medievais.

– Ora, Ginevra!... – exclamou.

Ela deu um pulo de susto em sua cadeira e enrubesceu.

– Como é que eu ia dormir enquanto você se matava de cansaço?... – defendeu-se.

– Acontece que só eu tenho direito de trabalhar dessa maneira.

– E como é que eu ia ficar ociosa – respondeu a jovem, com os olhos molhados de lágrimas – quando eu sei que cada pedaço de pão que nós comemos custa praticamente uma gota do seu sangue? Eu morreria se não me esforçasse tanto como você. Pois então nós não temos de dividir tudo, prazeres e desgostos?

– Ela está com frio!... – protestou Luigi, desesperado. – Feche melhor o xale sobre o peito, minha Ginevra... A noite está úmida e fria.

Foram até a janela, a jovem apoiou a cabeça no peito de seu bem-amado, que a segurou pela cintura, e os dois ficaram ali, imersos em um silêncio profundo, olhando para o céu que a aurora já iluminava lentamente. Nuvens em diversos tons de cinza sucediam-se rapidamente, enquanto o oriente se tornava cada vez mais luminoso.

– Olhe só – disse Ginevra. – É um presságio: ainda vamos ser felizes.

– Sim, no céu... – respondeu Luigi com um sorriso amargo. – Oh, Ginevra, logo você que merecia todos os tesouros da Terra...

– Tenho seu coração – disse ela, com alegria na voz.

– Ah, não me queixo mais!... – respondeu ele, apertando-a fortemente contra si. Cobriu de beijos aquele rosto delicado, que já começava a perder o frescor da juventude, mas cuja expressão era ainda tão terna e tão doce que ele não podia fitá-lo sem sentir-se consolado.

– Mas que silêncio!... – protestou Ginevra. – Meu querido, tenho grande prazer em ficar acordada à noite. A majestade da noite é realmente contagiosa, ela se impõe, ela nos inspira; existe alguma coisa muito poderosa na idéia de que, enquanto todos dormem, eu permaneço acordada.

– Oh, minha Ginevra!... Esta não é a primeira vez que percebo como sua alma é delicadamente graciosa... Mas olhe só: a aurora está chegando, vamos dormir...

– Sim – redargüiu ela –, desde que eu não vá dormir sozinha. Sofro muito nessas noites em que percebo que meu Luigi está acordado sem mim!...

A coragem com que os dois jovens combatiam a adversidade foi recompensada durante algum tempo;

mas o evento que em geral leva ao auge a felicidade da maioria dos lares, para eles foi funesto: Ginevra deu à luz um filho que, para nos servirmos de uma expressão popular, *era belo como o dia*. O sentimento da maternidade redobrou as forças da jovem. Mas Luigi teve de tomar dinheiro emprestado para pagar as despesas do parto de Ginevra. Durante os primeiros momentos, ela sequer percebeu as dificuldades de sua situação, enquanto os dois esposos se entregavam à felicidade de criar um filho. Infelizmente, este foi seu último momento de felicidade. Como dois nadadores que somam seus esforços para vencer a força de uma corrente contrária, os dois corsos lutaram no princípio com a maior coragem; todavia, em certos momentos, começaram a se abandonar a uma apatia semelhante a esses longos sonos que precedem a morte, e logo se viram obrigados a começar a vender seus bens. A Pobreza mostrou-se de repente, não horrorosa, mas vestida com roupas simples e quase fácil de suportar; no início, sua voz não trazia nada de assustador, não trazia consigo nem desespero, nem espectros, nem farrapos; mas logo ela fez com que perdessem os hábitos e até a lembrança de uma vida confortável, enquanto esgotava os recursos do orgulho. Então chegou a Miséria, com todo o seu horror, achando perfeitamente naturais seus cerzidos e remendos e pisando aos pés todos os sentimentos humanos. Sete ou oito meses depois do nascimento do pequeno Bartholoméo, já se tornava difícil reconhecer na mãe que amamentava a criança raquítica o original do admirável retrato, único ornamento de um quarto desnudo. Sem dinheiro para comprar combustível e acender fogo durante um inverno rigoroso, Ginevra contemplou indefesa os graciosos contornos de seu rosto se irem destruindo lentamente: suas faces ficaram brancas como porcelana e seus olhos empalideceram, como se a fonte da vida estivesse secando dentro dela. Ao ver seu filho magrinho e sem cor, ela sofria apenas pela miséria da criança, e Luigi nem tinha mais coragem para sorrir à criança.

– Já percorri Paris inteira – dizia ele com voz surda. – Não conheço ninguém e como vou ousar pedir o auxílio dos indiferentes? Vergniaud, que ajudou a nos manter, meu velho "egípcio", envolveu-se em uma conspiração e foi preso; de qualquer modo, antes disso ele já havia me emprestado tudo o que podia. Quanto a nosso senhorio, já faz um ano que ele não nos cobra aluguel.

– Mas nós não temos falta de nada... – respondeu docemente Ginevra, fingindo calma.

– Cada dia que chega nos traz mais uma dificuldade – retorquiu Luigi, cheio de terror.

Luigi pegou todos os quadros de Ginevra, incluindo o retrato, muitos móveis que o lar podia dispensar, vendeu tudo a preço vil, de tal modo que a soma obtida prolongou a agonia do casal durante um certo período. Foi naqueles dias de infelicidade que Ginevra mostrou a sublimidade de seu caráter e a extensão de sua resignação; ela suportava estoicamente os assaltos da dor; sua alma enérgica a mantinha firme, resistindo contra todos os males; ela trabalhava com as mãos fracas ao lado de seu filho moribundo; atendia às tarefas domésticas com atividade miraculosa e conseguia realizar tudo a contento. Ela até mesmo ainda se sentia feliz ao contemplar nos lábios de Luigi um sorriso de espanto, quando ele constatava o bom aspecto de limpeza e asseio que ela conservava na única peça em que se haviam refugiado.

– Meu querido, guardei para você este pedaço de pão – disse-lhe uma noite em que ele chegava em casa exausto.

– Mas e você?

– Eu já jantei, querido Luigi, não sinto falta de nada.

E a doce expressão de seu rosto o levou, ainda mais que suas palavras, a aceitar um alimento do qual ela se havia privado. Luigi a abraçou com um desses beijos desesperados que os amigos trocavam em 1793[53], no momento em que subiam juntos ao cadafalso. É nesses momentos supremos que dois seres se contemplam de coração para coração. Assim, o infeliz Luigi, compreendendo subitamente que sua esposa estava em jejum, compartilhou com ela a febre que a devorava, estremeceu, saiu sob o pretexto de atender a um compromisso urgente, porque ele teria preferido tomar veneno do que evitar a morte ao comer o último pedaço de pão que havia em sua casa. Começou a caminhar sem destino por Paris, por entre carruagens de lustro brilhante, no seio daquele luxo insultante que explodia por toda parte; passou rapidamente pelos escritórios das casas de câmbio, onde o ouro rebrilhava; finalmente, lembrou-se de vender a si mesmo, de se oferecer como recruta para o serviço militar,

---

[53] Em 1793, teve início o período do Terror da Revolução Francesa, que, com muitas execuções, durou até 1794, na tentativa de pôr fim à instabilidade política e assegurar a República. (N. do E.)

esperando que esse sacrifício[54] salvasse Ginevra e que, durante sua ausência, ela pudesse ser recebida novamente na casa do velho Bartholoméo. Foi então procurar um daqueles homens que fazem o recrutamento pelas ruas da cidade e quis o acaso que nele reconhecesse um antigo oficial da Guarda Imperial.

– Já faz dois dias que não como – revelou-lhe com voz lenta e fraca. – Minha mulher está morrendo de fome e não tem uma palavra de queixa; acho até que ela é capaz de morrer sorrindo. Por favor, meu camarada – acrescentou com um sorriso amargo –, compre meu tempo de serviço com soldo adiantado, eu sou robusto, não pertenço mais ao corpo de oficiais e eu...

O oficial entregou uma soma a Luigi, ficando combinado que ele se apresentaria em seguida no posto de recrutamento. O infortunado soltou um riso convulsivo ao segurar na mão um punhado de moedas de ouro e correu o mais depressa que pôde para sua casa, arquejando e gritando às vezes:

– Ginevra! Ó, minha Ginevra!...

A noite já começava a cair quando chegou em casa. Entrou sem fazer barulho, com medo de causar uma emoção forte demais em sua mulher enfraquecida. Os últimos raios do sol que penetravam pela janelinha vinham morrer justamente sobre o rosto de Ginevra, que dormia sentada em uma cadeira, com o filho no colo.

– Acorda, minha alma... – disse ele, sem perceber a posição de seu filho que, nesse momento, apresentava no rostinho um brilho sobrenatural.

---

[54] Sacrifício, pois Luigi era fiel a Napoleão, e aceitar ser soldado dos Bourbons era como aceitar tornar-se traidor. (N. do E.)

Ao escutar essa voz, a pobre mãe abriu os olhos, encontrou o olhar de Luigi e sorriu... Mas Luigi soltou um grito de espanto: mal conseguia reconhecer sua esposa, que parecia quase louca e a quem ele mostrou o ouro com um gesto de energia selvagem. Ginevra começou a rir maquinalmente, mas de súbito gritou com voz assustada:

– Luigi! A criança está fria!...

Ela olhou para seu filho e perdeu os sentidos. O pequeno Barthélemy[55] estava morto. Luigi tomou sua esposa nos braços, sem conseguir tirar-lhe a criança, que ela apertava com força incompreensível. Depois de deitá-la na cama, ele saiu em busca de socorro.

– Ah, meu Deus! – disse a seu senhorio, que encontrou na escada. – Consegui um pouco de ouro, mas meu filho morreu de fome, sua mãe está moribunda, por favor, nos ajude!...

Retornou como um desesperado para o lado de sua esposa e deixou o honesto pedreiro ocupado, junto com vários de seus vizinhos, em reunir tudo que fosse possível para aliviar uma miséria que era desconhecida de todos até então, porque os dois corsos a haviam escondido ciosamente por causa de seu orgulho. Luigi tinha jogado suas moedas de ouro descuidadamente sobre as tábuas do assoalho e estava ajoelhado à beira do leito em que jazia sua esposa.

---

[55] O nome do garoto é grafado alternadamente em sua forma francesa e na forma italiana adotada por Balzac para o nome do avô, idioma em que não se colocaria o acento. De maneira semelhante, o nome do marido de Ginevra é apresentando alternadamente em francês e italiano, como Luigi e Louis. (N. do T.)

– Meu pai! Cuide de meu filho que tem o mesmo nome que o senhor!... – gritava Ginevra em seu delírio.

– Oh, meu anjo! Acalme-se!... – dizia-lhe Luigi enquanto a abraçava. – Ainda teremos lindos dias pela frente!...

Aquela voz e aquelas carícias trouxeram a ela um pouco de tranqüilidade.

– Ah, meu Louis! – respondeu ela, contemplando-o com uma atenção extraordinária. – Escute-me bem: sei que estou morrendo. Minha morte é natural, eu sofria demais; além disso, uma felicidade tão grande como a que nós tivemos deveria ter um preço... Sim, meu Luigi, console-se... Fui tão feliz com você que, se eu recomeçasse a viver, aceitaria outra vez nosso destino. Mas eu sou uma mãe malvada: lastimo muito mais perder você do que perder o nosso filho... Meu filho... – acrescentou ela, com uma voz terrivelmente profunda.

Duas lágrimas destacaram-se de seus olhos moribundos, e subitamente ela abraçou ainda mais apertado o cadáver que não pudera reaquecer.

– Corte meus cabelos e os leve para meu pai, como lembrança de sua Ginevra – recomeçou ela. – Diga-lhe que eu nunca o acusei de nada...

Sua cabeça tombou sobre os braços de seu marido.

– Não, você não pode morrer – gritou Luigi. – O médico está a caminho. Agora já temos pão. Seu pai vai recebê-la de volta. A prosperidade vai retornar para nós... Fica conosco, anjo de bondade!...

Mas esse coração fiel e cheio de amor já estava ficando frio. Ginevra voltou os olhos instintivamente para aquele a quem adorava, ainda que não conseguisse sentir mais nada. Imagens confusas corriam por seu espírito, já a ponto de perder todas as lembranças da Terra. Ela sabia que Luigi estava a seu lado, porque ele pegava cada vez com mais força sua mão enregelada e parecia querer sustentá-la à beira do precipício em que ela tinha a impressão de estar caindo.

– Meu querido – disse ela, finalmente. – Você está com frio, vou aquecê-lo...

Tentou colocar a mão de seu marido sobre o próprio coração, mas expirou. Justo nesse momento, entraram dois médicos, um padre e vários vizinhos, trazendo tudo o que achavam ser necessário para salvar o casal e aliviar seu desespero. No princípio, os estranhos chegaram ruidosamente; todavia, assim que entraram, um silêncio assustador instalou-se no quarto.

Enquanto transcorria a cena, Bartholoméo e sua esposa estavam sentados em suas poltronas antigas, cada um de um lado da vasta lareira, cujas chamas ardentes mal conseguiam aquecer o imenso salão de sua residência. O pêndulo do relógio marcava meia-noite. Já fazia muitos meses que o velho casal quase não sentia sono. Naquele momento, eles permaneciam silenciosos, como dois anciãos que haviam retornado à infância e que olhavam tudo sem nada enxergar. O salão deserto, mas para eles tão cheio de lembranças, estava fracamente iluminado por uma única lamparina a ponto de apagar-se. Sem as chamas crepitantes da lareira, teriam ficado sentados em uma obscuridade quase completa. Um de seus antigos amigos acabara de ir embora; a poltrona em que ele se assentara permanecia ainda vazia entre os dois corsos. Piombo já havia lançado mais de um olhar para essa poltrona, e esses olhares cheios de idéias sucediam-se como acessos de remorso, porque aquela cadeira vazia era a mesma em que Ginevra costumava sentar-se. Élisa Piombo[56] contemplava furtivamente as expressões que passavam sobre o rosto branco de seu marido. Ainda que ela estivesse habituada a adivinhar os sentimentos do corso por meio dos movimentos cambiantes de seus traços, dessa vez a expressão era simultaneamente ameaçadora e melancólica, a um ponto que ela não conseguia mais ler naquela alma incompreensível.

Bartholoméo estaria se rendendo às potentes recordações que despertava essa poltrona? Estaria simplesmente chocado pelo fato de que, pela primeira vez, havia servido a um estranho, depois da partida de sua filha? A hora de sua clemência, essa hora que ela havia tão inutilmente aguardado até o presente, teria finalmente soado?...

Essas foram as reflexões que agitaram sucessivamente o coração de Élisa Piombo. Durante um instante, a fisionomia de seu marido tornou-se tão terrível que ela tremeu por dentro por haver empregado um estratagema tão simples a fim de criar uma ocasião para falar a respeito de Ginevra. Nesse momento, o vento norte lançou tão violentamente os flocos de neve sobre as persianas que os dois velhos conseguiram escutar o leve ruído provocado por eles. A mãe de Ginevra baixou a cabeça para esconder as lágrimas da vista de seu marido.

---

[56] A forma italiana *Elisa* é grafada com acento por semelhança com o nome correspondente francês, *Élise*. (N. do T.)

Subitamente, um suspiro escapou do peito do velho, e sua esposa o contemplou: ele estava abatido. Ela se atreveu a falar da filha, pela segunda vez em três anos.

– Será que Ginevra está com frio?... – murmurou docemente.

Piombo estremeceu.

– Ela pode estar passando fome – prosseguiu a mulher.

O corso deixou escapar uma lágrima.

– Soube que ela teve um filho e não consegue mais alimentá-lo, seu leite secou – acusou violentamente a mãe, com a força que lhe dava o desespero.

– Que ela volte! Que ela volte! – gritou Piombo. – Ah, minha filha querida, você me venceu!...

A mãe ergueu-se rapidamente, como se fosse sair em busca de sua filha. Naquele momento, a porta se abriu com um estrondo, e um homem cujo rosto não tinha nada mais de humano surgiu subitamente diante deles.

– *Morta!...* Nossas duas famílias conseguiram se exterminar uma à outra, pois isto é tudo que resta dela – disse ele, enquanto atirava sobre uma mesa a longa cabeleira negra de Ginevra.

Os dois velhos estremeceram violentamente, como se tivessem recebido diretamente o impacto de um raio e não viram mais Luigi.

– Ele nos poupa o trabalho de lhe dar um tiro, porque está morto – declarou lentamente Bartholoméo, com o olhar fixo no solo.

PARIS, JANEIRO DE 1830.

A PAZ CONJUGAL

Dedicado à minha querida sobrinha,
Valentine Surville.[1]

A aventura descrita nesta cena transcorre no final do mês de novembro de 1809, época em que o efêmero império de Napoleão atingia o apogeu de seu esplendor. As fanfarras da vitória obtida na batalha de Wagram ainda estrondavam no coração da monarquia austríaca. A paz foi assinada entre a França e a Coligação.[2] Os reis e os príncipes vieram então, como se fossem planetas, orbitar ao redor de Napoleão, o qual se deu ao luxo de acrescentar a Europa inteira a seu séqüito, em uma magnífica demonstração do esplendor que ele demonstraria mais tarde em Dresden. Nunca antes, no dizer dos contemporâneos, Paris tinha visto festas tão bonitas como aquelas que precederam e se seguiram ao casamento do soberano com uma arquiduquesa da Áustria. Nunca antes, nem nos dias de maior glória da antiga monarquia, tantas cabeças coroadas se acotovelaram nas margens do Sena, e jamais a aristocracia francesa foi tão rica e tão cintilante como então. Os diamantes eram ostentados

1. Filha mais moça de Laure, a irmã de Balzac, Valentine. (N. do E.)

2. A quinta das sete Coligações das potências européias contra a Revolução e Napoleão. (N. do E.)

em profusão sobre os enfeites e adereços, os bordados em fio de ouro e prata dos uniformes contrastavam tanto com a simplicidade republicana que se tinha a impressão de que todas as riquezas da Terra tinham sido transportadas para os salões de Paris. Era como se uma embriaguez geral tivesse assumido o controle desse império que durou pouco mais de um dia. Todos os comandantes militares, sem exceção de seu chefe supremo, tinham-se transformado em novos-ricos e agiam como tal, gozando os tesouros conquistados por um milhão de homens que usavam simples divisas de lã e que se davam por satisfeitos ao serem recompensados com algumas fitas de lã vermelha. Nessa época, a maior parte das mulheres demonstrava a mesma liberdade de costumes e relaxamento da moral que havia caracterizado o reinado de Louis XV.[3] Seja porque queriam imitar os antigos costumes da monarquia derrotada, seja porque alguns membros da família imperial davam justamente esse exemplo, como afirmavam os descontentes do Faubourg Saint-Germain, o certo é que, nessa época, tanto homens como mulheres se atiravam ao prazer com um abandono que parecia anunciar o fim do mundo. É preciso reconhecer que havia uma outra razão para essa libertinagem. A paixão das mulheres pelos militares se havia tornado uma espécie de frenesi e estava tão de acordo com os desejos do próprio imperador que este seria a última pessoa do mundo a tentar impedi-la. Os freqüentes chamados às armas, que fizeram

---

[3] Rei da França de 1715 a 1774, Louis XV nasceu em 1710 e passou os primeiros anos de seu reinado sob a tutela de regentes. (N. do T.)

com que todos os tratados concluídos entre a Europa e Napoleão se parecessem mais a armistícios, expondo as paixões daqueles tempos a desenlaces tão bruscos quanto as determinações daquele chefe supremo das grandes dragonas, dos dólmãs de complicados bordados em fio de ouro e das abotoaduras de diamante dos uniformes de gala que tanto agradavam às mulheres. Assim, os corações tornaram-se tão errantes quanto os regimentos. Uma mulher tornava-se sucessivamente amante, esposa, mãe e viúva entre cinco relatórios de combate do Grande Exército. Seria a perspectiva de uma rápida viuvez, a de uma boa pensão ou a esperança de usar um sobrenome lembrado pela História que tornavam os militares tão sedutores? Seriam as mulheres atraídas para eles pela certeza de que o segredo de suas paixões seria enterrado sob os campos de batalhas, ou devemos procurar a causa desse doce fanatismo na nobre atração que a coragem exerce sobre elas? Talvez todas essas razões, que o futuro historiador dos costumes imperiais sopesará sem dúvida com o maior prazer, tenham contribuído conjuntamente, de uma forma ou de outra, para sua plena disposição a entregar-se facilmente a novos amores. Quaisquer que possam ter sido, uma coisa podemos garantir aqui: que os louros das vitórias cobriam tão bem as faltas ao ponto de as mulheres buscarem com ardor esses valorosos aventureiros, os quais lhes pareciam verdadeiras fontes de honras, de riquezas e de prazeres, já que, aos olhos de uma garota daquele período, uma dragona com divisas de oficial, que não passa de um hieróglifo simbolizando um futuro incerto, significava a chave da felicidade e da liberdade.

Um traço particular da época única nos anais da história, um detalhe que a caracteriza acima de tudo, foi o de uma paixão desenfreada por tudo que era brilhante. Nunca na história foram lançados tantos fogos de artifício, jamais os diamantes alcançaram tanto valor. Os homens demonstravam-se tão ávidos quanto as mulheres por esses pedacinhos de pedra branca e, no que se referia a adquiri-los e ostentá-los, comportavam-se do mesmo modo que elas. Talvez fosse a necessidade de transformar os despojos de guerra na forma mais fácil de transportar que deu tanto valor a essas bugigangas entre os integrantes do exército. Um homem não cairia absolutamente no ridículo que seria alvo hoje em dia quando o lenço que usava sobre a gola da camisa ou os dedos das duas mãos ostentassem grandes diamantes, com o objetivo declarado de despertar a admiração de todos. Murat,[4] um homem de atitudes e temperamento parecidos aos dos orientais, dava o exemplo de um tal luxo, que seria absurdo entre os militares modernos.

O conde de Gondreville, que fora antigamente chamado de cidadão Malin[5] e que ficara famoso em conseqüência de um rapto de que fora vítima e que se tornara um dos luculos[6] daquele Senado Conservador

[4] Joachim Murat (1767-1815), grão-duque de Berg e de Clèves, príncipe de Ponte-Corvo, foi marechal de França, grande-almirante e rei de Nápoles até seu fuzilamento após Waterloo. (N. do T.)

[5] *Malin*, em francês, significa malandro, astucioso. Balzac, em dois romances diferentes, diz que Gondreville tinha oitenta anos em 1839 ou setenta em 1833, o que coloca o nascimento deste personagem fictício (*O deputado de Arcis* e *Uma estréia na vida*, entre outros) entre 1759 e 1763. (N. do T.)

[6] Referência a Lucius Licinius Lucullus, (cerca 106-67 a.C), general romano, famoso por suas riquezas. (N. do E.)

que não conservava nada, havia se apressado a oferecer uma festa em honra da assinatura do tratado de paz, com a intenção de prestar uma grande homenagem a Napoleão, por meio da qual pretendia eclipsar os aduladores pelos quais havia sido precedido. Os embaixadores de todas as potências amigas da França, subvencionadas e protegidas por ela, as personalidades mais importantes do Império e até mesmo alguns príncipes de sangue real encontravam-se reunidos nessa ocasião nos salões do opulento senador. Naquele exato momento, as danças haviam perdido o entusiasmo, porque todos estavam aguardando a chegada do imperador, cuja presença fora prometida pelo conde. Napoleão teria cumprido sua palavra, se não tivesse ocorrido uma cena desagradável entre ele e Joséphine naquela mesma noite, cena que anunciou o próximo divórcio desses augustos esposos.[7] A notícia do acontecimento, até então mantida em total segredo, mas que em breve seria revelada pela História, não chegara ainda aos ouvidos dos cortesãos, e foi somente a ausência de Napoleão que empanou um pouco a alegria da festa do conde de Gondreville. As

[7] Marie-Josèphe-Rose Tascher de La Pagerie (conhecida como Joséphine, 1763-1814), viscondessa viúva de Beauharnais, que foi guilhotinado em 1794. Em 1796, casou-se com Napoleão, seis anos mais novo. Ele é quem decide mudar o nome da mulher para Josèphine, e logo após o casamento Napoleão é nomeado comandante da campanha militar na Itália. A vida do casal era conturbada, em parte devido às infidelidades da mulher. Josèphine tinha dois filhos do primeiro casamento, e Napoleão achava que a falta de prole do casal devia-se à sua própria esterilidade, até um dia em que uma camareira da imperatriz deu à luz um filho dele. Então ele se divorciou dela em 1809, com o intuito de formar uma dinastia, mas deixou que ela conservasse o título de imperatriz. Ela morre de pneumonia. (N. do E.)

mais belas mulheres de Paris, sentindo-se obrigadas pelos comentários da sociedade mundana a se reunirem ali, desafiavam-se umas às outras, ostentando o maior luxo, toda a sua vaidade, seus melhores enfeites e o máximo de formosura. Os banqueiros, orgulhosos de suas riquezas, desafiavam com a mesma ostentação o brilho da glória dos generais envaidecidos pela fama de suas conquistas e a pompa dos mais altos funcionários do governo imperial, cujas pescoços traziam os adornos recentes das cruzes de comendas e condecorações, acompanhadas por títulos de nobreza e grandes recompensas financeiras. Esses grandes bailes eram sempre ocasiões aproveitadas pelas famílias mais ricas para apresentarem suas herdeiras aos olhos dos pretorianos[8] de Napoleão, na insensata esperança de trocar seus magníficos dotes pelo incerto favor das batalhas. As mulheres que tinham confiança suficiente na sedução de sua beleza vinham principalmente para experimentar a extensão de seus poderes. Ali, como aliás em toda parte, o prazer era apenas uma máscara. Os rostos serenos e risonhos e as testas lisas e tranqüilas recobriam os cálculos mais odiosos; as afirmações de amizade eram mentiras, a tal ponto que muitos dos presentes desconfiavam menos de seus inimigos que de seus melhores amigos. Essas observações são necessárias para explicar os eventos do pequeno drama narrado por esta cena e a descrição, ainda que um pouco atenuada, do espírito que reinava então nos salões de Paris.

---

[8] Os oficiais de Napoleão são aqui relacionados metaforicamente com a guarda pessoal dos imperadores romanos. (N. do T)

– Quer me fazer a gentileza de olhar por um momento para aquela coluna rachada que tem em cima um candelabro? Está vendo uma jovem que está mostrando um penteado chinês, lá, no canto à esquerda? Ela está usando um ramo de flores, dessas que chamam de campainhas azuis, entre os cachos de cabelos castanhos que recaem em mechas sobre a cabeça. Conseguiu ver quem é? Ela está tão pálida que dá a impressão de que sofre por algum motivo... Olhe bem para lá, enxergou? É uma mulher pequena, de fato, bem baixinha. Justamente agora ela está virando o rosto em nossa direção. Seus olhos azuis são amendoados e mostram uma doçura de enlouquecer... Dão a impressão de terem sido feitos para chorar... Olhe, preste atenção!... Agora ela acabou de baixar a cabeça para olhar madame de Vaudrémont[9] através desse labirinto de cabeças em movimento constante, cujos penteados altos lhe atrapalham a visão...

– Ah, estou vendo, meu caro amigo, bastava que você dissesse que era a mulher de pele mais alva de todas as que estão nesta festa, que eu já a teria reconhecido... Para falar a verdade, já me havia chamado a atenção. Tem o tom de pele mais lindo que já admirei... Olhe, duvido que você consiga, desta distância, distinguir da pele de seu pescoço as pérolas que intercalam as safiras de seu colar. Mas ou ela é muito recatada ou uma conquistadora muito esperta, pois aquelas rendas plissadas do seu corselete mal permitem suspeitar a perfeita beleza de seus contornos! Mas realmente, que ombros! São brancos como um lírio...

---

[9] A condessa de Vaudrémont é um personagem fictício, que Balzac faz viver entre os anos de 1787 e 1810. (N. do T)

– Mas quem é ela...? – indagou o primeiro interlocutor.

– Ah, isso eu não sei dizer!...

– Mas que aristocrata! Quer dizer então, Montcornet,[10] que você quer ficar com todas?...

– Mas vejam só quem está fazendo troça de mim... – replicou Montcornet, sorridente. – Você acha que tem o direito de insultar um pobre general como eu, só porque você, depois que se tornou o feliz rival daquele pobre Soulanges,[11] não dá uma pirueta que não desperte preocupação em madame de Vaudrémont? Ou é só porque cheguei na terra prometida há apenas um mês?... Como vocês, funcionários administrativos, são insolentes!... Logo vocês, que ficam grudados em suas poltronas enquanto nós ficamos no meio de obuses dos canhões!... Ora, meu senhor desembargador, deixe que a gente tire algum proveito dessa colheita, cuja posse temporária somente será sua no momento em que partirmos de novo para o campo de batalha... Que diabo, todo mundo tem direito de viver!... Meu amigo, se você conhecesse os alemães, faria o que estivesse a seu alcance para me ajudar a conquistar essa parisiense que lhe é tão cara...

– General, já que o senhor está há um certo tempo honrando com sua atenção essa mulher que acabei de avistar pela primeira vez, faça-me a gentileza de me dizer se já a viu dançar...

---

[10] Personagem fictício, localizado por Balzac entre 1774 e 1837. Foi promovido a general em 1808, em A musa do departamento, e a coronel-general dos couraceiros em 1809, o que lhe deu o título de general-de-brigada (ver p.173-174). Aqui tanto o narrador quanto os personagens chamam-no, alternadamente, de "general" e "coronel". (N. do E.)

[11] O marechal conde Léon de Soulanges é um personagem fictício, nascido aproximadamente em 1777 e que ainda vivia em 1827. (N. do T.)

– Ei, meu caro Martial,[12] de onde é que você saiu? Se o enviarem em alguma embaixada, acho que não vai conseguir um grande sucesso... Não está vendo que entre ela e o brilhante enxame de dançarinos que rodopia sob o lustre há três filas das mais intrépidas namoradoras de Paris? Você não teve de olhar através de sua luneta para descobri-la no ângulo daquela coluna, onde ela parece enterrada nas trevas da mais profunda escuridão, apesar de todas aquelas velas que brilham logo acima de sua cabeça? Observe com atenção: entre ela e os possíveis pares, há tantos diamantes e tantos olhares cintilantes, tantas plumas adejando, tantas rendas, flores e cachos ondulantes, que seria um verdadeiro milagre se um dançarino conseguisse divisá-la no meio de todas essas estrelas!... Mas então, Martial, você ainda não adivinhou que ela deve ser casada com algum subprefeito de qualquer distrito do departamento de Lippe ou de Dyle,[13] e que só veio a esta festa porque está procurando uma maneira de transformar seu caro marido em prefeito?...

– Ah, mas se é isso, tenho certeza de que ela vai conseguir! – disse o desembargador com entusiasmo.

– Duvido – retorquiu o coronel-general dos couraceiros[14], sorridente. – Ela me parece tão inexperiente

[12] Martial, barão e depois conde de La Roche-Hugon, foi criado por Balzac, sem menção de sua data de nascimento, é personagem de vários romances do autor e ainda vivia em 1841. (N. do T)

[13] O departamento de Dyle, cuja capital era Bruxela (Bélgica), foi criado em 1794. O departamento de Lippe, cuja capital era Münster (Alemanha), não existia no momento desta conversa, tendo sido criado somente em 1810. (N. do E.)

[14] Soldados da cavalaria que trajavam couraça e capacete. (N. do E.)

em matéria de intrigas quanto você em diplomacia... Aposto, Martial, que você não sabe como foi que ela acabou se metendo naquele canto...

O desembargador contemplou o coronel-general dos couraceiros da Guarda com uma expressão formada por partes iguais de condescendência e de curiosidade.

– Tudo bem – disse Montcornet continuando. – É fácil ver que a pobre garota chegou aqui exatamente às nove horas, talvez a primeira a entrar no salão; provavelmente causando bastante incômodo à sra. condessa de Gondreville, que não sabe o que fazer com duas idéias ao mesmo tempo... Desprezada pela senhora da casa, foi sendo empurrada de cadeira em cadeira por cada mulher que chegava, até as trevas desse cantinho onde permitiu que a encerrassem, vítima dos ciúmes dessas damas todas, que fizeram o possível para se livrar da concorrência desse rostinho tão ameaçador... Ela não tinha nenhum amigo que lhe desse apoio para defender corajosamente o lugar da primeira fila em que se deve ter sentado ao chegar; cada uma dessas pérfidas dançarinas já deve ter ordenado a seus pretendentes masculinos que não se envolvam com nossa pobre amiga, sob pena dos mais terríveis castigos... Foi dessa maneira, meu caro amigo, que todos esses rostos tão delicados, tão cândidos em aparência, formaram uma coligação geral contra a desconhecida; e olhe que isto aconteceu sem que qualquer dessas mulheres que estão lá tivesse feito mais do que perguntar: "Querida, você conhece aquela dama de azul...?". Olhe, Martial, se você estiver com vontade de ser atingido, durante o espaço de um quarto de hora, por mais olhares sedutores e insinuações provocantes do que talvez tenha recebido durante toda a vida, tente atravessar essa tríplice muralha que defende o reino de Dyle, de Lippe ou de Charente...[15] Verá imediatamente que a mais estúpida dessas belas criaturas será capaz de inventar algum artifício capaz de interromper o avanço do homem mais determinado a trazer à luz nossa lamentável desconhecida... Você não tem a impressão de que ela parece estar em um funeral?...

– Acha mesmo, Montcornet? Quem sabe se ela é somente uma senhora casada?...

– E por que não seria logo uma viúva?...

– Porque então ela seria mais ativa!... – disse rindo o desembargador.

– Talvez seja uma viúva cujo marido está jogando *bouilotte*![16] – replicou o belo couraceiro.

– É mesmo, agora que a paz foi assinada, muitas mulheres só ficam viúvas desse jeito! – respondeu Martial. – Mas acontece, meu caro Montcornet, que nós somos dois patetas. Aquele rostinho demonstra ainda muita ingenuidade, a testa e as têmporas transmitem uma sensação de tanta mocidade e tanto frescor que não deve ser uma mulher casada e muito menos uma viúva. Veja só o vigor e a maciez da pele! As narinas mostram tanta juventude como as de uma colegial... Os lábios, o queixo, todos os traços do rosto são viçosos como um botão de rosa branca, mesmo que a expressão da fisionomia pareça um tanto ve-

---

[15] Departamento francês do norte da Aquitânia, cuja capital é Angoulême. (N. do T.)

[16] Jogo de cartas derivado do pôquer inglês jogado entre quatro e sete parceiros, embora o mais comum fossem cinco. (N. do T)

lada pelas nuvens da tristeza... Por que razão uma pessoa tão jovem estaria chorando?

– Ora, meu amigo, as mulheres choram por tão pouco... – disse o coronel.

– Ah, não sei... – retrucou Martial. – O que eu sei é que ela não está chorando só por estar enfiada naquele canto sem que ninguém a tire para dançar. Essa melancolia dela não começou hoje. Tem mais: dá perfeitamente para ver que ela se arrumou de propósito para ficar o mais bonita possível esta noite. Aposto com você que ela está apaixonada.

– Que nada! Deve ser filha de algum principezinho de terceira classe, governando qualquer território perdido no meio da Alemanha: talvez seja por isso que ninguém quer falar com ela... – afirmou Montcornet.

– Ah, por que será que aquela pobre garota está infeliz? – retrucou Martial. – Será que existe alguém por aqui com mais graça e elegância que nossa pequena desconhecida? E nem mesmo uma dessas megeras que estão ao redor dela e que afirmam ser criaturas sensíveis se dá ao trabalho de lhe dirigir uma palavra que seja... Se ela falasse, seus dentes ficariam visíveis, e nós veríamos se também são belos...

– Ah, também!... Você está que nem uma panela de leite: vai ferver agora com a menor elevação da temperatura?... – indagou o coronel, um pouco ressentido ao ver que seu amigo se transformava tão rapidamente em seu rival.

– Mas como pode ser...? – comentou o desembargador, sem nem perceber a interrogação do general e olhando através do lornhão para todos os personagens que o rodeavam. – Será que não existe por aqui ninguém que nos possa dizer o nome dessa flor exótica...?

– Ora! Deve ser uma dama de companhia qualquer – sugeriu Montcornet.

– Ah, claro que é!... Uma dama de companhia enfeitada de safiras dignas de uma rainha e usando um vestido de renda de malina!?... Invente outra, general! O senhor não é muito melhor em diplomacia do que eu, se primeiro imagina que essa garota é uma princesa alemã e, logo no instante seguinte, começa a sugerir que não passa de uma dama de companhia...

O general Montcornet segurou o braço de um homenzinho gordo, cujos cabelos grisalhos e olhos ardilosos apareciam nas soleiras de todas as portas e que se misturava sem cerimônia aos diferentes grupos, onde sempre era acolhido com a maior deferência.

– Gondreville, meu caro amigo – disse Montcornet –, quem é aquela mulherzinha encantadora sentada lá adiante, sob seu imenso candelabro?

– O candelabro? Foi fabricado por Ravrio,[17] meu amigo, mas foi Isabey quem lhe deu o desenho...

– Sim, já tinha reconhecido naquele móvel seu habitual bom gosto para objetos de luxo, meu caro; mas... e aquela mulher, quem é?...

– Ah, não conheço. Decerto é uma das amigas de minha mulher...

---

[17] Antoine-André Ravrio (1759-1814) era o cinzelador mais em voga e também o que cobrava mais caro por seus serviços nessa época. Jean-Baptiste Isabey (1769-1855), pintor, desenhista, miniaturista e litógrafo francês. (N. do T.)

– Ou então sua amante, velho fingido!...

– Não, palavra de honra!... A condessa de Gondreville é a única mulher capaz de convidar essa gente que ninguém conhece...

Apesar dessa observação cheia de veneno, o baixinho gordo conservou nos lábios o sorriso de satisfação interior que a suposição do coronel-general dos couraceiros neles fizera brotar. Este retornou até onde se achava o jovem desembargador, que parecia estar buscando inutilmente informações sobre a dama em um grupo vizinho. Pegou-o por um braço e falou-lhe baixinho ao ouvido:

– Meu caro Martial, tome cuidado! Madame de Vaudrémont está olhando para você com uma atenção desesperadora, já faz vários minutos. Essa mulher é capaz de adivinhar cada movimento de seus lábios e entender tudo o que você me diz; além disso, nossos olhares foram muito significativos. Ela seguiu perfeitamente a direção de nossos relances e acho até que acabou ficando mais interessada na pequena dama de azul do que você...

– Mas que estratégia guerreira, meu caro Montcornet!... Pouco me importa, que diferença faz se ela está nos olhando? Eu sou como o imperador: quando faço minhas conquistas, eu as conservo...

– Martial, sua vaidade merece uma boa lição. Pois então você, que não passa de um civil, teve a sorte de ficar noivo de madame de Vaudrémont, uma viúva de 22 anos, que é afligida pelo trabalho de administrar quatro mil napoleões de renda e, além disso – acrescentou ele, segurando a mão esquerda do desembargador –, uma mulher que lhe enfia anéis de diamante no dedo, tão bonitos quanto este aqui... E você ainda tem a pretensão de se portar como um verdadeiro Lovelace,[18] como se fosse um general do exército, obrigado a sustentar a reputação militar em todas as guarnições! Puxa vida, pense bem em tudo que pode perder!...

– Pelo menos, não perderei minha liberdade – replicou Martial, dando uma risadinha meio desajeitada.

Imediatamente, porém, lançou um olhar apaixonado na direção de madame de Vaudrémont, que o estava observando, mas que lhe respondeu com um sorriso cheio de inquietação, porque ela tinha visto o coronel-general examinando o anel do pequeno desembargador.

– Escute, Martial – recomeçou o coronel-general. – Se você ficar rodopiando ao redor de minha jovem desconhecida, eu vou tentar conquistar madame de Vaudrémont...

– Pois então experimente, meu caro couraceiro, tenho certeza de que não obterá o menor sucesso com ela!... – disse o jovem desembargador, colocando a unha polida de seu polegar contra um de seus dentes superiores, a fim de produzir um pequeno chiado zombeteiro.

– Você acha que eu sou um garotinho – replicou o coronel-general – sem outra fortuna que minha es-

---

[18] Robert Lovelace é um personagem criado por Samuel Richardson (1689-1761) em seu romance *Clarissa Harlowe* e é citado freqüentemente por Balzac como um sedutor, embora seu nome tenha desaparecido da imaginação popular em favor de Don Juan ou de Casanova. (N. do T.)

pada... mas fique sabendo que me desafiar assim é o mesmo que colocar um banquete em frente a Tântalo, porque você sabe muito bem que ele vai devorar tudo o que puder...

– Fffsssss!...

Essa alegre sucessão de consoantes serviu de resposta à provocação do general, que foi contemplado da cabeça aos pés com um olhar da maior condescendência por seu amigo, antes que os dois se separassem. Conforme a moda da época, era obrigatório que um homem usasse calças de casimira branca que lhes chegavam aos joelhos, completadas por meias de seda. Essa elegante vestimenta chamava a atenção para o físico perfeito de Montcornet, na época com 35 anos, que atraía todos os olhares por sua elevada estatura, conforme era exigido para todos os couraceiros da Guarda Imperial, cujo belo uniforme realçava ainda mais seu aspecto, ainda jovem, embora tivesse engordado um pouco por andar sempre a cavalo. Seus bigodes negros ressaltavam a expressão franca de um rosto realmente militar, de testa alta e larga, nariz aquilino e lábios corados. Além disso, as maneiras de Montcornet, caracterizadas por uma certa nobreza devida a seu hábito de comandar, podiam agradar bastante a uma mulher que tivesse o bom senso de não querer transformar seu marido em escravo. O coronel-general sorriu ao encarar o desembargador, que era um de seus melhores amigos desde o tempo em que haviam freqüentado a escola juntos; este último era esbelto e de baixa estatura, o que o obrigou, para responder à zombaria, a baixar um pouco a cabeça a fim de envolvê-lo com seu olhar amistoso.

O barão Martial de la Roche-Hugon era um jovem provençal que caíra nas boas graças de Napoleão e que parecia destinado a alguma luxuosa embaixada, o qual seduzira o imperador por sua semelhança com os italianos, por seu talento para as intrigas, por essa eloqüência de salão e essa elegância de maneiras que substitui tão facilmente as qualidades mais duradouras, mas menos visíveis, que são demonstradas pelos homens de verdadeiro valor. Ainda que cheio de juventude e de vivacidade, seu rosto já apresentava o brilho imóvel de um busto de estanho cromado, uma das qualidades indispensáveis aos diplomatas, que lhes permite ocultar todas as suas emoções e disfarçar seus sentimentos, se é que essa impassibilidade já não anuncia neles a ausência de toda emoção e a morte dos sentimentos. Sempre se pode contemplar o coração dos diplomatas como se fosse um problema insolúvel, uma vez que os três embaixadores mais ilustres da época se ressaltavam tanto pela persistência de seus ódios como por seus envolvimentos românticos. Não obstante, Martial pertencia a essa classe de homens que se demonstra perfeitamente capaz de planejar seu futuro, mesmo quando parecem estar envolvidos no gozo dos mais ardentes prazeres; ele já havia julgado a sociedade e escondia suas ambições sob a máscara de vaidade de um conquistador bem-sucedido e disfarçava seu talento sob uma aparência de mediocridade, depois de ter percebido claramente a rapidez com que avançavam na carreira justamente aquelas pessoas que faziam menos sombra a seus superiores.

Os dois amigos foram então obrigados a separar-se com um cordial aperto de mão. O som de um ritornelo[19] destinado a prevenir as damas de que estava na hora de formar as quadrilhas para uma nova contradança expulsou os homens do vasto espaço no centro do salão onde tinham estado conversando. Essa conversa rápida, entabulada no intervalo que sempre separa duas contradanças, ocorrera diante da lareira do salão principal da mansão de Gondreville. A maioria das perguntas e respostas desse tipo de conversação leve, característica dos bailes de então, era mais ou menos soprada ao ouvido do vizinho por ambos os interlocutores. Não obstante, as girândolas e os archotes que enfeitavam a lareira derramavam uma luz tão clara sobre os dois amigos que seus rostos fortemente iluminados não tinham conseguido esconder, apesar de toda a sua discrição diplomática, a expressão imperceptível de seus sentimentos nem à esperta condessa, nem à cândida desconhecida. Tal habilidade de decifrar os pensamentos talvez seja para os ociosos um dos melhores prazeres que eles encontram na vida em sociedade, enquanto tantos tolos a ela atraídos pela influência das opiniões alheias ficam se aborrecendo durante a festa inteira, sem terem a coragem de confessar seu tédio nem mesmo a si próprios...

Para compreender todo o interesse desta conversação, é necessário relatar um acontecimento aparentemente sem importância, mas que, por meio de laços invisíveis, iria reunir os personagens daquele

[19] Do italiano *ritornello,* "estribilho" ou "pequeno retorno". Passagem musical curta e recorrente no meio de uma composição maior, no caso uma suíte de danças. (N. do T.)

pequeno drama, se bem que eles, por enquanto, se encontrassem ainda espalhados pelos enormes salões. Mais ou menos às onze horas da noite, em um dos momentos em que as dançarinas retornavam a seus lugares, a sociedade reunida na mansão de Gondreville tinha visto surgir a mais bela mulher de Paris, a rainha da moda de então, a única que ainda estava faltando naquela esplêndida assembléia. Há muito tempo, essa bela mulher tinha estabelecido uma regra para si mesma: nunca se apresentar antes do momento preciso em que a animação dos salões começa a esfriar, chegando ao ponto em que as mulheres não conseguiriam conservar por muito mais tempo o frescor de seus rostos ou a elegância plena de seus vestidos de gala. Esse momento rápido é como a primavera de um baile. Uma hora depois, quando a excitação e o prazer iniciais já passaram, quando o cansaço começa a se instalar, tudo murcha e fenece.

Madame de Vaudrémont nunca cometia o erro social de permanecer em uma festa a partir do momento em que as hastes das flores que a enfeitavam poderiam ser vistas meio penduradas, em que os cachos de seu cabelo começariam a se soltar, os enfeites a ficarem amarrotados e, acima de tudo, em que seu rosto começaria a se parecer com o das outras mulheres, a quem o sono começa a convocar imperiosamente, que se esforçam para resistir-lhe um pouco, mas que não conseguem enganá-lo por muito tempo. Ela demonstrava o maior cuidado de não permitir que a vissem, como faziam suas rivais menos cuidadosas, a partir do momento em que sua beleza começava a ser prejudicada pelo cansaço. Ela sabia conservar habilmente sua reputação de sedutora, retirando-se de um baile com um aspecto tão brilhante quanto o que ostentara no momento de sua chegada. As mulheres cochichavam umas nos ouvidos das outras, revelando a inveja que sentiam, que ela trazia de casa e depois trocava cuidadosamente tantos enfeites e adereços quantas eram as danças de que pretendia participar durante o baile. Só que, pelo menos daquela vez, madame de Vaudrémont não conseguiu escolher à sua vontade a hora de sair da festa em que chegara triunfante. Parando um momento no umbral da porta, lançou a seu redor olhares perscrutadores, mesmo que parecessem rápidos, sobre todas as mulheres presentes, cujos vestidos de gala foram habilmente avaliados, até se convencer de que sua própria elegância eclipsava todas as demais. A famosa sedutora se ofereceu à plena admiração da assembléia, conduzida pelo braço de um dos mais bravos coronéis da Artilharia da Guarda Imperial, um favorito do imperador, o conde de Soulanges. A união momentânea e fortuita desses dois personagens apresentou sem dúvida um aspecto misterioso. Ao ouvirem o mordomo anunciar o senhor conde de Soulanges e a senhora condessa de Vaudrémont, algumas das mulheres que não estavam dançando se levantaram, e os homens vieram dos salões vizinhos e se aglomeraram nas portas do salão principal. Um dos espirituosos, que nunca faltam nessas reuniões sociais, ao ver entrarem a condessa e seu cavalheiro, comentou:

– As mulheres sentem tanta curiosidade em contemplar um homem tão fiel à sua paixão quanto os homens querem examinar uma mulher tão difícil de conquistar...

Embora o conde de Soulanges, um jovem de 32 anos, fosse dotado do temperamento nervoso que desperta no ser humano as grandes qualidades, seu aspecto franzino e seu rosto macilento o favoreciam muito pouco; seus olhos negros anunciavam muita vivacidade, mas ele demonstrava claramente sentir-se aborrecido durante as festas da sociedade, e, naquela época, nada revelava o grande talento oratório que haveria de mostrar mais tarde, durante as assembléias legislativas da Restauração, quando se assentaria entre os deputados da Direita. Por outro lado, a condessa de Vaudrémont, alta e ligeiramente roliça, cuja pele chegava a deslumbrar de tão alva, e que mantinha sempre erguida a formosa cabeça, possuía a imensa vantagem de inspirar amor simplesmente por meio da gentileza de suas maneiras e era uma dessas raras criaturas que cumprem todas as promessas feitas por sua beleza. Essa dupla, que por alguns momentos se tornara o alvo da atenção geral, não permitiu que a curiosidade se alimentasse durante muito tempo às suas custas. O coronel e a condessa rapidamente perceberam que o acaso acabara de colocá-los em uma situação um tanto embaraçosa. Ao ver que eles avançavam salão a dentro, Martial atravessou rapidamente o grupo de homens que guarnecia o posto da chaminé, a fim de observar madame de Vaudrémont pelo espaço deixado entre as cabeças que formavam uma espécie de muralha protetora, com a atenção ciumenta que é alimentada pelo primeiro ardor da paixão: era como se uma voz secreta lhe murmurasse que o sucesso de que tanto se orgulhava talvez fosse apenas temporário; mas o sorriso frívolo e polido com que a condessa agradeceu ao senhor de Soulanges e o gesto delicado mas firme com que o despediu ao sentar-se ao lado de madame de Gondreville distenderam todos os músculos que o ciúme havia contraído em seu rosto. Todavia, ao perceber que Soulanges permanecia em pé a dois passos do sofá em que estava sentada madame de Vaudrémont, e que aquele não parecia compreender o olhar que lhe fora lançado pela jovem namoradeira, que lhe informava estarem fazendo os dois um papel ridículo, o provençal impetuoso franziu novamente as sobrancelhas negras que ornavam seus olhos azuis, puxou de leve as mechas de seus cabelos castanhos, enquanto pensava qual seria a melhor atitude a tomar, e, sem trair pela expressão do rosto a violenta emoção que fazia o seu coração palpitar no peito, inspecionou a fisionomia da condessa e a do senhor de Soulanges, que gracejava alegremente com seus vizinhos. Apertou então a mão do coronel, que viera procurá-lo para renovar suas relações de amizade, mas escutava suas palavras sem lhe dar a menor atenção, de tão preocupado que estava com a situação que se formara. Soulanges lançava olhares tranqüilos sobre a fila quádrupla de mulheres que emoldurava a parte central do imenso salão do senador, admirando aquela praia de diamantes, de rubis, de broches de ouro que se estendia sob as cabeças enfeitadas, cujo brilho quase fazia empalidecer o fogo das velas, o cristal dos lustres e os dourados das paredes. A calma despreocupada de seu rival fez com que o desembargador perdesse a sua. Incapaz de dominar a impaciência secreta que o dominava, Martial avançou até onde se encontrava madame de Vaudrémont, a fim de apresentar-lhe suas saudações. Quando o provençal apareceu diante deles, Soulanges lançou-lhe um olhar inexpressivo e virou a cabeça bruscamente na direção oposta. Um profundo silêncio fez-se repentinamente no salão, provocado pela curiosidade que chegara ao auge. Todas as cabeças se voltaram em direção a eles, mostrando as expressões mais bizarras, cada um dos presentes temendo ou desejando assistir a um desses escândalos que as pessoas bem educadas evitam cuidadosamente provocar. De repente, o rosto pálido do conde tornou-se tão vermelho quanto o escarlate de seu uniforme, e seu olhar baixou para o assoalho, para não dar a entender o motivo de sua perturbação. Ao relancear os olhos, avistara a jovem desconhecida, ainda humildemente colocada ao pé do candelabro, e com um ar triste ele passou na frente do jovem desembargador, indo refugiar-se em um dos salões de jogo. Tanto Martial como a assembléia expectante acreditaram que Soulanges lhe cedia publicamente o lugar, pelo pavor do ridículo que recai sempre sobre os amantes destronados. O desembargador ergueu orgulhosamente a cabeça e observou de relance a desconhecida; logo em seguida, ao sentar-se tranqüilamente ao lado de madame de Vaudrémont, escutou-a com um ar tão distraído que sequer entendeu o significado das palavras que a sedutora pronunciava por trás de seu leque:

– Martial, pode me fazer o favor de não usar mais esta noite esse anel que tirou de mim? Tenho minhas razões para lhe pedir isso e vou explicá-las daqui a pouco, assim que formos embora. Você me dará o braço quando sairmos juntos para ir à casa da princesa de Wagram.

– Mas por que você entrou aqui de braço dado com o coronel? – interrogou o barão.

– Porque eu o encontrei no vestíbulo – respondeu ela. – Mas agora, levante e saia daqui, pois todo mundo está nos olhando...

Martial ergueu-se e voltou para onde estava o coronel-general dos couraceiros da Guarda. A pequena dama de azul tornou-se então o elo comum da inquietação que agitava simultaneamente, mas de forma tão diversa, o couraceiro, Soulanges, Martial e a condessa de Vaudrémont. Quando os dois amigos se separaram, após o desafio que pusera termo à conversa deles, o desembargador retornou imediatamente para onde se achava madame de Vaudrémont, convencendo-a sem grande dificuldade a participar da quadrilha mais brilhante da festa. Sentindo-se protegido por essa espécie de embriaguez em que uma mulher sempre mergulha como resultado da dança e do movimento de um baile em que os homens se mostram com a vulgaridade da ostentação de roupas de gala que não lhes dão menor brilho que o conferido às mulheres por seus vestidos, Martial acreditou que podia entregar-se impunemente ao encanto que o atraía para a desconhecida. Ainda que ele tivesse conseguido esconder os primeiros olhares que lançou sobre a pequena dama de azul da atenção vigilante dos olhos da condessa, foi logo surpreendido em flagrante delito; se conseguiu desculpar-se por uma primeira distração, não justificou o impertinente silêncio com que respondeu logo a seguir à mais encantadora pergunta que uma mulher pode fazer a um homem: "Você está apaixonado por mim esta noite?...". E quanto mais ele parecia desligado do momento presente, tanto mais ela o provocava e insistia. Enquanto Martial dançava com sua condessa, o coronel ia de grupo em grupo, conduzindo a conversa no sentido de obter informações a respeito da jovem desconhecida. Depois de haver esgotado a paciência de todos os seus amigos e até mesmo de alguns indiferentes, ele já se havia decidido a aproximar-se da condessa de Gondreville e esperar o primeiro momento em que um interlocutor se afastasse para indagar diretamente o nome daquela dama misteriosa, quando percebeu um pequeno espaço vago entre a coluna trincada que suportava o candelabro e os dois divãs que haviam sido colocados junto a ele. O coronel aproveitou um momento em que a dança deixara vazia uma boa parte das cadeiras que formavam as diversas trincheiras de fortificações, defendidas nesse momento apenas por mamães ou por matronas de uma certa idade, e empreendeu a difícil travessia daquela paliçada recoberta de mantilhas e de lenços de renda. Foi indo de dama em dama, cumprimentando as viúvas ricas mais velhas e depois, de mulher em mulher, de cortesia em cortesia, acabou por atingir o espaço vazio junto à desconhecida. Mesmo correndo o risco de prender os alamares do uniforme nos grifos e quimeras que enfeitavam o imenso candelabro, instalou-se ali, sob o fogo e a cera que escorria das velas, para grande descontentamento de Martial. Experiente demais para interpelar diretamente a pequena dama de azul que estava agora à sua direita, o coronel dirigiu-se inicialmente a uma senhora gorda e bastante feia que estava à sua esquerda:

– Está vendo, minha senhora, que baile bonito? Que luxo! Que animação! Palavra de honra, todas as mulheres que estão aqui hoje são lindas!... A senhora não está dançando, naturalmente, porque não está com vontade...

Este bate-papo sem sentido, iniciado pelo coronel, tinha como objetivo, naturalmente, atrair à conversação sua vizinha da direita, mas esta, silenciosa e parecendo preocupada, não lhe dava a menor atenção. O oficial guardava na manga uma porção de frases irrelevantes, que podiam ser concluídas por um gancho do tipo: "e a senhora, madame, o que acha?", que já lhe havia sido bastante útil no passado. Nesse instante, sentiu uma enorme surpresa ao perceber algumas lágrimas que escorriam pelas faces da desconhecida, cujo olhar parecia inteiramente atraído pela figura de madame de Vaudrémont.

– A senhora deve ser casada...? – indagou finalmente o coronel Montcornet, em um tom de voz um tanto inseguro.

– Sim, cavalheiro – respondeu simplesmente a desconhecida.

– O senhor seu marido também a está acompanhando, naturalmente...

– Sim, cavalheiro.

– Mas por que, então, a senhora está escondida neste lugar? É para evitar as atenções?...

A jovem confirmou sua aflição por meio de um sorriso triste.

– Conceda-me a honra, minha senhora, de ser seu cavalheiro na próxima contradança e fique certa de que não a trarei de volta para um lugar tão obscuro!

Ali pertinho da lareira estou vendo que há um sofá vazio, vamos para lá... Com tantas mulheres querendo dominar a reunião, e sendo a loucura desta noite o ápice da realeza, não posso concordar que a senhora se recuse a aceitar o título de rainha do baile, que certamente parece destinado à sua beleza.

– Cavalheiro, eu não quero dançar.

A brusquidão das respostas desta jovem era tão desesperadora que o coronel acabou por desistir da conquista. Martial, que adivinhara o pedido feito pelo coronel e a recusa que este recebera, começou a sorrir e passou a mão pelo queixo, fazendo cintilar o anel que trazia no dedo.

– Está rindo de quê?... – perguntou-lhe a condessa de Vaudrémont.

– Do insucesso daquele pobre coronel, que acabou de dar um passo em falso...

– Eu já tinha lhe pedido que tirasse esse anel – interrompeu-o a condessa.

– Ah, foi...? Acho que eu não tinha entendido...

– Mesmo que o senhor não esteja escutando nada esta noite, senhor barão, segundo me parece, está vendo tudo... – respondeu-lhe madame de Vaudrémont, parecendo aborrecida.

– Ali está um rapaz exibindo um belíssimo brilhante – disse de repente a desconhecida ao coronel.

– Ah, é magnífico!... – respondeu ele. – Esse jovem é o barão Martial de la Roche-Hugon, um de meus melhores amigos...

– Agradeço-lhe por me informar o nome dele – retrucou a jovem. – Ele me parece muito simpático.

– Claro que sim, mas é um pouco leviano...

– Parece que ele tem muita intimidade com a condessa de Vaudrémont... – afirmou a jovem senhora, que, de fato, estava interrogando o coronel com o olhar.

– Mais íntimo não poderia ser!...

A desconhecida empalideceu.

"Ora essa!" pensou o militar. "Será que ela está apaixonada por esse diabo do Martial?"

– Eu pensava que madame de Vaudrémont já estivesse comprometida há bastante tempo com o senhor de Soulanges... – recomeçou a jovem, depois de controlar um pouco o sofrimento emocional que se havia revelado bastante claramente na expressão de seu rosto cheio de juventude.

– Já faz oito dias que a condessa o está passando para trás... – informou o coronel. – Mas a senhora deveria ter visto esse pobre Soulanges no momento em que entrou no salão de braço com ela: o infeliz ainda não se convenceu de sua infelicidade...

– Eu vi – disse a dama de azul. A seguir, ela acrescentou, com uma entonação de voz que indicava claramente uma despedida: – Muito obrigada, cavalheiro.

Nesse momento, a contradança já estava quase acabando, e o coronel, desapontado, só teve tempo de se despedir e ir embora, dizendo a si mesmo, como um triste consolo: "Está certo, ela é casada...".

– Pois então, meu corajoso couraceiro...? – indagou o barão, puxando o coronel por um braço para o vão de uma janela, a fim de respirar o ar fresco que vinha dos jardins. – Em que pé está sua conquista...?

– Ela é casada, meu caro.

– E que diferença isso faz para você?

– Que diabo, meu amigo, não sabe que sou um homem honrado...? – respondeu o coronel. – Não tento conquistar mulheres com quem não possa me casar. Além disso, Martial, ela me declarou formalmente que não está com vontade de dançar...

– Meu coronel, vamos apostar seu cavalo tordilho contra cem napoleões de ouro que ela ainda vai dançar comigo esta noite?...

– Pois está feito! – disse o coronel, apertando firmemente a mão do vaidoso. – Enquanto aguardo o resultado da aposta, vou conversar com aquele pobre Soulanges; tenho a impressão de que ele conhece esta dama, porque ela me pareceu bastante interessada nele.

– Esta aposta você já perdeu, camarada! – disse Martial, com um riso de convencimento. – Meus olhos já se cruzaram com os dela, e eu sei muito bem onde estou pisando. Meu caro coronel, não vai ficar de mal comigo, se eu conseguir dançar com ela depois que ela se recusou a dançar com você?

– Não, não, é claro que não. Ri melhor quem ri por último. Quanto ao mais, Martial, sou bom jogador e inimigo cordial. Já vou lhe prevenindo que ela gosta de diamantes...

Aposta feita, os dois amigos foram cada um para seu lado. O general Montcornet dirigiu-se para o salão de jogos, onde avistou o conde de Soulanges sentado a uma mesa de *bouillotte*. Embora só existissem entre os dois oficiais a amizade e a camaradagem comum que surgem entre os perigos da guerra e os deveres do serviço militar, o coronel-general dos couraceiros sentiu-se profundamente comovido ao ver o coronel da artilharia, que ele tinha na conta de homem sensato, envolvido em uma partida de cartas cujas apostas eram tão elevadas que ele poderia arruinar-se. As pilhas de moedas de ouro e de cédulas bancárias amontoadas sobre o fatal pano verde atestavam que os participantes tinham sido tomados pela fúria do jogo. Um círculo de homens silenciosos cercava os encarniçados jogadores. Só se escutavam os comandos do jogo, em voz baixa e a intervalos irregulares: "passa", "jogo", "dobro", "mil luíses", "pago para ver". Todavia, ao se observar estes cinco personagens praticamente imóveis, parecia que eles só se falavam com os olhos. No momento em que o coronel, assustado com a palidez de Soulanges, aproximava-se dele, o conde ganhou a mão. O marechal duque de Isemberg,[20] e um banqueiro famoso, chamado Keller,[21] levantaram-se da mesa, depois de terem sido aliviados de somas consideráveis. Mas Soulanges parecia ainda mais sombrio ao puxar para sua frente um monte de moedas de ouro e de cédulas, que nem se deu ao trabalho de contar; seus lábios pareciam crispados por um desprezo amargo, e ele até parecia estar com raiva de sua boa sorte em vez de agradecer-lhe por seus favores.

– Acalme-se... – disse o coronel. – Vamos lá, tenha coragem, Soulanges.

Pensando que o melhor serviço que poderia prestar ao camarada de armas naquele momento era tirá-lo da mesa de jogo enquanto estava ganhando, continuou:

---

[20] Personagem balzaquiano, cuja descrição foi calcada sobre a figura do famoso diplomata, Metternich, citado somente nesta ocasião. (N. do T.)

[21] François Keller, o mais velho dos irmãos Keller, banqueiros de origem judaica, aparentados com os Gobenheim. Personagem fictício, citado em grande número de obras, ainda vivia em 1839. (N. do T.)

– Venha comigo, tenho uma boa notícia para lhe dar, mas só se aceitar uma condição...

– Que condição? – quis saber Soulanges.

– Que me responda uma pergunta que pretendo lhe fazer.

O conde de Soulanges levantou-se bruscamente, puxou do bolso um grande lenço amassado e retorcido e amontoou dentro dele seus ganhos, aparentando a maior indiferença, com uma fisionomia tão mal-humorada que os jogadores restantes sequer se atreveram a lhe pedir revanche ou a reclamar que ele bancava o Carlos Magno.[22] Seus semblantes pareceram até mesmo se tranqüilizar um pouco quando aquele rosto fechado e melancólico saiu do círculo luminoso projetado pelo candelabro sobre o feltro verde da mesa de *bouillotte*.

– Esses malditos milicos estão de combinação, igual a ladrões de feira!... – cochichou ao sentar-se um diplomata que estivera peruando o jogo e aproveitara para tomar o lugar que o coronel deixara vago.

Um único rosto pálido e exaurido voltou-se para o novo parceiro com um olhar de cólera passageira, que se apagou como a cintilação de um diamante:

– Não mencione a honra militar na mesma frase que a dos civis, senhor ministro.

Montcornet levou Soulanges até um canto e disse:

– Meu caro, esta manhã o imperador lhe fez um elogio, e sua promoção ao marechalato não me parece sujeita a dúvidas.

– O "patrão" não gosta muito da artilharia...

[22] Ou seja, retirando-se imediatamente após haver ganho, sem conceder revanche aos perdedores. (N. do T.)

– Sim, mas ele adora a nobreza, e você descende da antiga aristocracia!... O "patrão" – prosseguiu Montcornet – disse que aqueles que se casaram em Paris durante a última campanha não deviam ser considerados com desprezo. Compreende?

Para falar a verdade, a expressão do rosto do conde de Soulanges era de quem não compreendia nada.

– Tudo bem. Agora, por favor, em troca da bela notícia – continuou o coronel – espero que me diga se conhece uma encantadora mulherzinha que está sentada ao pé de um candelabro...

Ao ouvir essas palavras, os olhos do conde se arregalaram, e ele pegou a mão do coronel com uma força inesperada.

– Meu caro general – disse-lhe com a voz perceptivelmente alterada –, se fosse qualquer outra pessoa que me tivesse feito essa pergunta, eu lhe rebentaria o crânio com um único golpe deste punhado de ouro que trago amarrado dentro do lenço. Não me fale mais nisso, pelo amor de Deus!... Passei esta noite atormentado por um impulso muito grande de dar um tiro em meus próprios miolos, a tal ponto que... Odeio tudo isso que estou vendo!... De modo que vou sair daqui agora mesmo. Esta alegria, esta música, estes rostos estúpidos que riem sem motivo estão me assassinando...

– Meu pobre amigo – respondeu Montcornet com voz calma, dando tapinhas amistosos na mão de Soulanges –, você está realmente muito perturbado!... E se eu lhe disser que Martial está tão pouco preocupado com madame de Vaudrémont que seu interesse foi fortemente despertado por aquela pequena dama?

– Se ele se atrever a falar com ela – gaguejou Soulanges, tomado de fúria –, eu vou deixá-lo tão achatado quanto sua carteira e ele não me escapa, mas de jeito nenhum, nem que vá se sentar no colo do imperador!...

O conde estava tão abalado que parecia não ter mais forças para se manter em pé e caiu sentado em uma namoradeira colocada junto ao canto a que o coronel o trouxera. Este último foi saindo lentamente, porque percebera que Soulanges tinha sido tomado por uma cólera violenta demais para ser acalmada pelas brincadeiras ou tentativas de consolo de um camarada de armas cuja amizade era apenas superficial. Quando o coronel Montcornet retornou ao grande salão de danças, a primeira pessoa que avistou foi justamente madame de Vaudrémont, e ele observou que seu rosto, em geral tão calmo, parecia afetado por uma agitação mal disfarçada. Ao ver uma cadeira vaga a seu lado, o coronel foi sentar-se nela.

– Tenho a impressão de que a senhora está um pouco preocupada... – afirmou.

– É só uma bobagem, general. É que eu já deveria ter ido embora. Prometi ir ao baile da grã-duquesa de Berg,[23] mas preciso ir primeiro fazer uma visita rápida em casa da princesa de Wagram. O sr. de La Roche-Hugon, que ficou de me acompanhar, está a par de tudo isso e me deixa esperando, enquanto se diverte conversando com as viúvas...

– Acho que não é exatamente esse o motivo de sua preocupação. De fato, aposto cem luíses que a senhora não vai sair tão cedo daqui esta noite.

---

[23] Caroline Murat, cujo marido havia sido nomeado grão-duque de Berg e de Clèves, a 15 de março de 1806. (N. do T.)

– Mas como o senhor é atrevido!...

– Quer dizer, então, que acertei...?

– Então me diga em que é que estou pensando, se é que sabe tão bem... – disse a condessa, batendo com o leque nos dedos do coronel. – Se conseguir adivinhar, quem sabe eu até lhe dou uma recompensa...

– Não vou aceitar seu desafio, porque a vantagem é muito grande do meu lado...

– Presunçoso!...

– A senhora está com receio de ver Martial junto de...

– De quem...? – perguntou a condessa, fingindo estar surpresa.

– Junto daquele candelabro – respondeu o coronel, indicando a bela desconhecida, enquanto olhava fixamente para a condessa, com uma atenção embaraçosa.

– Pois adivinhou – respondeu a sedutora, escondendo o rosto por detrás do leque, com o qual começou a brincar. Depois de um minuto de silêncio, recomeçou: – A velha madame de Lansac, que, como o senhor bem sabe, é mais cheia de malícia que uma macaca velha, acaba de me contar que o sr. de La Roche-Hugon está correndo perigo por se meter a cortejar essa desconhecida, que se enfiou aqui só para estragar a festa. Olhe, eu preferia ver a morte do que enxergar esse rosto tão cruelmente belo e pálido quanto o de um fantasma. É como se fosse um anjo mau. A sra. de Lansac – prosseguiu, fazendo um gesto de nojo – só vem aos bailes para olhar tudo enquanto finge que está dormindo, e a malvada me olhou de tal forma que fiquei completamente perturbada. Foi pura crueldade da parte dela... Ah, mas o Martial vai me pagar caro por isso, ah, se vai!... Por favor, general, vá falar com ele. Os senhores são amigos e peça-lhe que não me dê mais desgostos...

– Acabo de conversar com um outro homem, que me declarou, nada mais, nada menos, que pretendia estourar os miolos de Martial, caso ele se atreva a conversar com essa pequena dama de azul. E olhe, minha senhora, não é um homem que fale por falar. Todavia, se é que eu conheço Martial, esse tipo de perigo só vai lhe servir de incentivo... E tem mais: nós acabamos de fazer uma aposta... – continuou o coronel, baixando a voz, enquanto revelava os termos à condessa.

– Está falando sério? – quis saber a condessa.

– Palavra de honra.

– Muito obrigada, general – respondeu madame de Vaudrémont, lançando-lhe um olhar cheio de sedução e promessas.

– A senhora me dará a honra de dançar comigo?

– Sim, mas não agora. A segunda contradança. Primeiro, quero descobrir no que vai dar essa intriga e saber quem é essa pequena dama de azul, que tem um ar tão espiritual...

O coronel, percebendo perfeitamente que a condessa de Vaudrémont queria ficar sozinha durante alguns minutos, apresentou suas despedidas, sentindo-se bastante satisfeito, porque achava que tinha começado muito bem seu ataque.

Em todas as festas existem alguma damas, semelhantes a madame de Lansac, iguais a velhos marujos parados à beira do cais, contemplando os jovens marinheiros em luta contra as tempestades. Nesse momento, a sra. de Lansac, que parecia muito interessada pelos personagens daquele pequeno drama, conseguira adivinhar facilmente os sentimentos que a condessa estava tentando dominar. Por mais que a jovem sedutora se abanasse alegremente, sorrisse aos jovens que a cumprimentavam e empregasse todos os artifícios que servem a uma mulher para esconder suas verdadeiras emoções, a velha viúva, uma das duquesas mais perspicazes e maliciosas que o século XVIII produziu e deixou de herança ao século XIX, sabia ler perfeitamente o coração e os pensamentos dela. A velha dama parecia dominar a habilidade de reconhecer os movimentos mais imperceptíveis que revelam as tristezas da alma. O mais leve franzir que enrugasse aquela testa tão branca, aquela fronte tão pura, o mais insensível tremor das maçãs do rosto, um pequeno arquear das sobrancelhas, o mais invisível contrair dos lábios, cuja tonalidade coralina nada conseguia esconder-lhe, eram para a duquesa como as páginas de um livro aberto. Encolhida no fundo de sua poltrona *bergère*, que as saias amplas de seu vestido enchiam inteiramente, a antiga namoradeira, enquanto conversava com um diplomata, que sempre que a encontrava vinha sentar-se com ela a fim de escutar as anedotas da sociedade que ela sabia contar tão bem, admirava o reflexo de si mesma na jovem sedutora; de fato, tinha-se até mesmo tomado de uma certa simpatia por ela, ao vê-la disfarçar tão bem sua tristeza e as torturas que seu coração estava sofrendo. De fato, madame de Vaudrémont estava sentindo tanta dor quanto fingia estar alegre: ela tinha pensado reconhecer em Martial um homem talentoso, com cujo amparo contava para adornar sua vida de todos os encantos do poder; nesses últimos momentos, ela havia reconhecido ter cometido um erro tão cruel para sua reputação como para seu amor-próprio. Em seu coração, como no da maioria das mulheres da época, o inesperado das paixões aumentava o vigor de que estavam revestidas. As almas que vivem muito e passam rapidamente de uma emoção para outra não sofrem menos que aquelas que se consomem em um único amor. É bem verdade que o afeto da condessa por Martial datava praticamente da véspera, mas o mais inexperiente dos cirurgiões sabe que a amputação de um membro vigoroso é muito mais dolorosa que o sofrimento causado pela retirada de um membro gangrenado pela doença. A simpatia de madame de Vaudrémont por Martial tinha todos os motivos para crescer e frutificar no futuro, do mesmo modo que sua paixão anterior por Soulanges era um afeto sem esperança, envenenado desde o começo pelos remorsos que aquele sentia. A velha duquesa, que esperava o momento oportuno para conversar com a condessa, deu um jeito de mandar embora o diplomata porque, segundo sentia, todo e qualquer outro interesse deveria ser posto de lado diante da sorte de namorados que estavam a ponto de brigar, ainda mais no coração de uma velha. Para iniciar a luta, madame de Lansac lançou um olhar sardônico sobre madame de Vaudrémont, com a intenção de despertar no coração da jovem namoradeira o medo de que seu destino estivesse nas mãos da velha matrona. Era um desses olhares que passam de uma mulher a outra, como archotes acesos para iluminar o desfecho de uma tragédia. Era preciso ter conhecido a duquesa para compreender o terror que a expressão de sua fisionomia despertou no coração da infeliz condessa. Madame de Lansac era uma mulher alta e os traços de seu rosto envelhecido faziam com que dissessem dela: "Essa mulher deve ter sido muito linda!". Ela carregava o rosto com tanta maquilagem que quase conseguia fazer desaparecer as rugas; todavia, em vez de refletir o brilho desse carmim excessivo, seus olhos apenas tornavam-se ainda mais apagados. Recobria-se de uma enorme quantidade de diamantes, mas se vestia com tanto gosto, que nem assim recaía no ridículo. Seu nariz pontudo anunciava um senso de humor cáustico. Uma dentadura postiça muito bem-feita conservava em sua boca uma expressão de ironia que lembrava muito a de Voltaire. Entretanto, a extraordinária polidez de suas maneiras disfarçava tão bem o caráter malicioso de suas idéias que não era possível acusá-la diretamente de maldade. Os olhos cinzentos da velha dama se animaram: um olhar triunfal, acompanhado de um sorriso que significava: "Bem que eu havia imaginado!" atravessou o salão e ressuscitou o rubor de esperança sobre as faces pálidas da jovem que gemia baixinho junto do candelabro. Essa aliança entre madame de Lansac e a desconhecida não podia escapar ao olhar treinado da condessa de Vaudrémont, que percebeu imediatamente existir ali um mistério que seria forçada a desvendar. Nesse momento, o barão de La Roche-Hugon, depois de ter entabulado conversa com todas as velhas viúvas presentes, sem conseguir descobrir o nome da pequena dama de azul, dirigiu-se, em desespero de causa, à condessa de Gondreville; porém, depois de interrogá-la, só recebeu uma resposta pouco satisfatória:

– Oh, é apenas uma jovem dama que *essa velhota*, a duquesa de Lansac, resolveu trazer consigo e me apresentou de passagem...

Ao voltar-se por acaso em direção à poltrona *bergère* que era ocupada pela velha dama, o jovem desembargador surpreendeu justamente o olhar de confirmação que a duquesa lançara em direção à desconhecida e, ainda que tivessem tido uma espécie de atrito que os deixara de má vontade um com o outro já fazia algum tempo, decidiu-se a abordá-la. Ao ver o barão rondando inquieto sua poltrona, em busca de um pretexto para falar com ela, a velha condessa sorriu com uma malícia sardônica e olhou para a condessa de Vaudrémont de uma maneira tão humilhante que fez o coronel Montcornet dar uma risadinha.

"Se essa velha cigana me tratar com amizade," pensou o barão, "é sinal de que está se preparando para me pregar uma peça." Mesmo assim, decidiu-se a lhe dirigir a palavra:

– Senhora, disseram-me que assumiu o encargo de vigiar um tesouro muito precioso!...

– Mas o quê? O senhor está pensando que sou algum dragão? – indagou a velha dama. Após uma pequena pausa, acrescentou com uma voz tão doce que fez a esperança renascer no coração de Martial: – Mas de quem o senhor está falando...?

– Daquela pequena dama desconhecida que os ciúmes de todas essas namoradeiras confinaram naquele canto. A senhora deve conhecer a família dela...?

– Sim – concordou a duquesa. – Mas o que o

senhor pretende de uma herdeira provinciana, que se casou já faz algum tempo, de fato, uma jovem muito bem nascida, mas que ninguém conhece, porque não vai a parte alguma?

– Por que ela não está dançando? É uma dama tão linda!... Quem sabe, nós assinamos um tratado de paz, a senhora e eu?... Se estiver disposta a me contar tudo o que estou interessado em saber, juro que, caso renove sua demanda judicial pela restituição dos bosques de Navarreins pelo Erário Público, desta vez sua petição será encaminhada por mim ao imperador com as melhores recomendações possíveis...

Era o ramo mais moço da família de Navarreins, cujo escudo era descrito nos livros de nobreza como "esquartelado de Lansac, que é de fundo azur com um ramo podado em argenta, flanqueado por seis pontas de lança também de argenta em posição estacada" que estabelecia a ligação da velha dama com Louis XV e valera o título de duquesa mediante diplomação heráldica; e, como os Navarreins ainda não haviam voltado do exílio, o que o jovem desembargador estava propondo à velha dama era de fato um suborno que envolvia o pior tipo de corrupção, ao insinuar a ela que demandasse novamente a posse de um bem que legalmente pertencia ao ramo mais velho da família.

– Senhor – respondeu a velha dama, com uma gravidade enganadora –, faça-me o favor de trazer até aqui a condessa de Vaudrémont. Prometo revelar a ela o mistério que torna nossa pequena desconhecida tão interessante... Já deve ter percebido que todos os homens do baile atingiram o mesmo grau de curiosidade que o seu. Todos os olhares se voltam involuntariamente para esse tal candelabro, junto ao qual minha protegida se colocou tão modestamente; desse modo, ela está constantemente recebendo todas as homenagens que as outras lhe quiseram furtar. Feliz daquele a quem ela decidir conceder uma única dança!...

Interrompeu-se, enquanto fixava a condessa de Vaudrémont com um de seus olhares cheios de significado, que dizia claramente: "É de você que estamos falando...". A seguir, acrescentou:

– Acredito que você gostaria muito mais de ouvir o nome da desconhecida proferido pela boca de sua bela condessa do que pela minha, pois não?

A atitude da duquesa era tão provocante que madame de Vaudrémont decidiu-se a levantar, veio até onde ela se achava e sentou-se na cadeira que lhe ofereceu Martial; fingindo que não dava a menor importância a ele, dirigiu-se à outra:

– Adivinhei, senhora – disse-lhe sorrindo –, que estava falando a meu respeito. Confesso que estou em desvantagem: não sei se estava falando de bem ou de mal...

Madame de Lansac apertou com uma mão velha e enrugada a bela mão da jovem e respondeu com a voz cheia de compaixão:

– Minha pobre garota!...

As duas mulheres se entreolharam. Madame de Vaudrémont compreendeu imediatamente que Martial estava sendo inoportuno e o mandou embora com uma ordem imperiosa:

– Saia já daqui!...

O desembargador, nada satisfeito ao ver que a condessa já sucumbira ao encanto da velha sibila, que a atraíra para junto de si por seu próprio intermédio, lançou-lhe um desses olhares masculinos cheios de carinho, que têm tanto poder sobre um coração cego de paixão, mas que parecem ridículos a uma mulher, quando ela já começa a ver com outros olhos aquele por quem se havia enamorado.

– Por acaso o senhor tem a pretensão de imitar o imperador? – disse madame de Vaudrémont, girando a cabeça três quartos a fim de poder contemplar o jovem desembargador com um ar de ironia.[24]

Martial conhecia bem demais os costumes da sociedade e era demasiado sofisticado e calculista para se expor a um rompimento com uma mulher que gozava de uma reputação tão boa na corte imperial e em cujas segundas núpcias o próprio imperador demonstrava ter interesse; além disso, acreditava que a melhor maneira de adivinhar o segredo de sua súbita frieza era despertar nela um certo grau de ciúme; assim, afastou-se de boa vontade, tanto mais que uma nova contradança estava sendo anunciada naquele momento e todos estavam procurando pares. O barão simulou que estava dando lugar às quadrilhas no centro do salão e foi encostar-se contra o tampo de mármore de uma mesa lateral, cruzou os braços sobre o peito e ficou prestando atenção de longe na conversa das duas senhoras. De quando em quando, ele acompanhava os olhares que ambas lançaram diversas vezes em direção à desconhecida. Ao comparar então a condessa com aquela nova formosura que o mistério tornava tão atraente, o barão logo se entre-

[24] Alusão aos hábitos de conquistador de Napoleão, cujo olhar dominador seduzia tanto as mulheres, segundo se dizia, quanto enchia de entusiasmo bélico seus soldados. (N. do T.)

gou aos cálculos mesquinhos que costumam passar pela cabeça dos homens que têm habitualmente sorte com as mulheres: oscilava entre conservar a fortuna que estava ao alcance de sua mão e a satisfação de um capricho. O reflexo das luzes ressaltava tão bem seu rosto concentrado e sombrio contra os cortinados de tule branco empurrados contra a parede por seus cabelos negros que alguém que relanceasse os olhos sobre ele poderia compará-lo a um gênio maligno. À distância, mais de um observador certamente deve ter pensado: "Ora, vejam só, esse malandro parece estar divertindo-se bastante com alguma coisa!...". Enquanto isso, com o ombro direito levemente apoiado contra o marco da porta que separava o salão de dança da sala de jogos, o coronel ria sem ser visto por baixo de seus amplos bigodes, divertindo-se com o prazer de contemplar o tumulto do baile: via cem cabeças lindas girando ao capricho da dança; lia em alguns rostos, como os da condessa e de seu amigo Martial, os segredos de sua agitação; logo após, girando um pouco a cabeça, ele indagava a si mesmo qual era a relação entre o ar sombrio do conde de Soulanges, que continuava sentado em seu divã, e a fisionomia lamentável da dama desconhecida, em cujo rosto apareciam alternadamente as alegrias da esperança e as angústias de um terror involuntário. Montcornet sentia-se como o rei da festa; percebia nesse quadro em constante movimento um retrato completo da sociedade e ria dela ao perceber-se alvo dos sorrisos interesseiros de cem mulheres cheias de jóias e elegantemente vestidas. Um coronel da Guarda Imperial, um posto que correspondia à graduação de general-de-brigada, era certamente um dos melhores partidos dentre os oficiais do exército. Já era cerca de meia-noite. As conversas, os jogos, as danças, os namoricos, os interesses, as sugestões maldosas e os projetos haviam todos atingido esse grau de calidez que arranca dos lábios de um jovem inexperiente a exclamação: "Que lindo baile!...".

– Meu anjinho lindo – dizia madame de Lansac à condessa –, você está justamente na idade em que eu cometi a maior parte de meus erros... Acabei de vê-la sofrer mil mortes e pensei comigo mesma que lhe deveria dar alguns conselhos caridosos. Cometer erros aos 22 anos é a mesma coisa que rasgar o vestido que se pretende usar amanhã, vale dizer, comprometer o próprio futuro. Acredite, minha querida, quando aprendemos a maneira mais adequada de usar os trajes que melhor irão favorecer nosso futuro, em geral já é tarde demais. Meu coração, se continuar a arranjar inimigos habilidosos e amigos cuja conduta não merece confiança, vai ver que linda vida terá de enfrentar um dia...

– Ah, minha senhora, é tão difícil para uma mulher ser feliz, não é verdade?... – exclamou ingenuamente a condessa.

– Minha pequena, na sua idade, é preciso aprender a fazer as escolhas certas bem depressa, e a principal é saber escolher entre os prazeres e a felicidade. Você está pensando em casar-se com esse Martial, que não é nem bobo o suficiente para ser um bom marido, nem está apaixonado o bastante para tornar-se um bom amante... Ele tem dívidas, minha querida, é o tipo do homem capaz de devorar sua fortuna; mas isso não seria nada, caso ele fosse capaz de lhe trazer felicidade. Mas não vê como ele parece velho demais perto de você? No passado, esse homem deve ter sido consumido por muitas doenças e agora só lhe sobrou um restinho de energia. Daqui a três anos, vai estar fisicamente acabado. Talvez então se torne mais ambicioso, e é até mesmo possível que obtenha sucesso. Mas eu, pessoalmente, não botaria nisso muita fé. Afinal de contas, quem é ele? Não passa de um intrigante da corte, que pode possuir grande domínio sobre as manobras sociais e até saber conversar muito bem, mas é pretencioso demais para que venha a desenvolver um verdadeiro talento. Aliás, tenho certeza de que não vai muito longe... Além disso, olhe só, dê uma espiada nele!... Não consegue ler na sua testa que ele não vê em você uma mulher jovem e bonita, mas os dois milhões de francos que você possui? Ele não a ama, minha querida, ele a avalia como se pretendesse fazer um bom negócio. Se você está mesmo com vontade de se casar de novo, então procure um homem mais velho, que goze de boa reputação e que esteja bem encaminhado em sua carreira. Uma viúva não deve considerar um segundo casamento como uma garotinha apaixonada. Por acaso já viu uma ratazana cair duas vezes na mesma armadilha? Não, minha cara, um novo contrato matrimonial deve ser para você como um investimento financeiro, e é preciso, caso venha a se casar de novo, ter pelo menos a esperança de ser algum dia conhecida como a esposa de um marechal!...

Nesse momento, os olhos das duas mulheres fixaram-se quase espontaneamente sobre a bela figura do coronel Montcornet.

– Contudo, se preferir viver o difícil papel de uma sedutora e não se casar outra vez – recomeçou a duquesa com um tom de voz benevolente –, ah, minha pobre garota! Acredito que você tenha mais talento que qualquer outra para acumular as nuvens de uma tempestade e depois dissipá-las. Mas recomendo encarecidamente que não se dê ao prazer de perturbar a paz conjugal, de destruir a união das famílias, de atrapalhar a felicidade das mulheres bem casadas. No passado, eu representei muitas vezes este papel perigoso, acredite em mim, minha querida. Ai, meu Deus, só pelo prazer de aumentar a minha auto-estima, tantas vezes destruí a felicidade de algumas pobres criaturas virtuosas!... Porque existem, minha querida, realmente existem mulheres virtuosas, cujo ódio mortal é tão fácil de obter!... Um pouco tarde demais, aprendi que, para usar a expressão do duque de Alba, um salmão vale mais do que mil sapos!... É claro que um amor verdadeiro nos dá um regozijo muitas vezes maior do que todas essas paixões efêmeras que se desperta tão facilmente nos homens!... Viu só? Vim hoje aqui para lhe pregar um sermão. Sim, você é a causa de minha presença neste salão tão cheio de gentinha... Pois não avistei hoje, andando com a maior naturalidade no meio dessa multidão, até mesmo alguns atores de teatro? Antigamente, minha filha, a gente podia até levar um ator para o quarto, mas nunca se convidava essa gente para uma festa!... Por que está me olhando com essa cara tão espantada? Escute bem o que vou lhe dizer: se você quiser se divertir à custa dos homens, só transtorne o coração daqueles que ainda não têm a vida assentada, aqueles que não têm deveres familiares a cumprir: os outros nunca vão nos perdoar pelos incômodos que lhes causamos, por maior que tenha sido a felicidade que demos a eles... Aproveite os conselhos que lhe dou com base em minha longa experiência. Esse pobre Soulanges, por exemplo, cuja cabeça você virou e que mantém à sua volta, tão tonto como se estivesse embriagado, só Deus sabe a que ponto!... Pois muito bem: sabe sobre o que recaem seus golpes?... Sobre todos os aspectos da vida dele!... Ele se casou há uns dois anos e meio, é adorado por uma criatura encantadora, a quem ele ama e ao mesmo tempo engana; ela vive debulhada em lágrimas, mas não se queixa nunca de nada e mantém o mais amargo dos silêncios. Soulanges tem momentos de remorso muito mais cruéis do que a doçura dos prazeres que você possa lhe ter dado. E agora você, sua caprichosa, acabou de passá-lo para trás!... Pois bem, venha contemplar o resultado de seus caprichos...

A velha duquesa pegou a mão de madame de Vaudrémont e as duas se levantaram juntas.

– Olhe só – disse madame de Lansac, indicando com um golpe de vista a desconhecida pálida e trêmula sob os fogos que reluziam no candelabro. – Veja lá: aquela é minha jovem sobrinha-neta, a condessa de Soulanges, que finalmente aceitou meus freqüentes convites e consentiu em deixar o quarto de sofrimentos em que permanecia até hoje e no qual a visão de seu filhinho lhe trazia um consolo muito débil. Está vendo agora? Não lhe parece encantadora? Pois muito bem, minha bela dama, só imagine como ela devia ser formosa quando a felicidade e o amor espalhavam seu brilho sobre aquele rosto que a tristeza faz murchar.

A condessa virou a cabeça, silenciosamente, parecendo dominada por profundas reflexões. A duquesa levou-a pela mão até a porta da sala de jogos; depois de relancear os olhos para dentro da peça, como se estivesse procurando alguém, declarou à condessa, em um tom de voz profundo:

– E lá está o Soulanges...

A condessa estremeceu ao perceber no canto menos iluminado da sala de jogos o rosto pálido e contraído de Soulanges, cujo corpo estava afundado no divã. A fraqueza que mostravam seus membros e a imobilidade de sua cabeça demonstravam toda a dor que ele sentia; os jogadores iam e voltavam, passando em frente a ele, sem lhe dar mais atenção do que dariam a um cadáver. O duplo quadro que apresentavam a esposa lacrimosa e o marido melancólico e sombrio, separados um do outro no meio da festa, tais como as duas metades do tronco de uma árvore que tivesse sido partida por um raio, despertou no coração da condessa algo que se assemelhava a uma profecia. Cresceu em seu peito o terror das vinganças que a aguardavam no futuro. Seu coração não se havia ainda pervertido o suficiente para que a sensibilidade e a indulgência fossem dele totalmente banidas; ela apertou a mão da duquesa e agradeceu-lhe com um desses sorrisos que trazem em si uma certa graça infantil.

– Minha querida menina – disse-lhe a velha ao ouvido, – lembre-se doravante que nós podemos repelir as homenagens dos homens tão bem quanto sabemos atraí-las.

– Se você não se portar feito idiota, ela é sua!...

Estas últimas palavras foram cochichadas ao ouvido do coronel Montcornet pela duquesa de Lansac, enquanto a bela condessa se deixava dominar pela compaixão que lhe inspirava o aspecto terrível de Soulanges, porque ela percebera que o amava ainda mais sinceramente quanto mais desejava restitui-lo à felicidade da paz conjugal; dentro de seu coração, prometeu a si mesma empregar inteiramente o poder irresistível da sedução que sabia ainda exercer sobre ele com o objetivo único de reconduzi-lo de volta à sua esposa.

– Ah, mas eu vou dar os melhores conselhos!... – declarou esta à duquesa de Lansac.

– Não, não faça nada disso! – exclamou a duquesa, ao recostar-se novamente na poltrona que havia deixado. – O que você tem de fazer é escolher um bom marido e trancar sua porta a meu sobrinho, caso ele insista em visitá-la. Sequer o trate com amizade. Pode acreditar, minha filha, mulher alguma gosta de receber de volta o coração de seu marido das mãos de outra mulher. Ficará cem vezes mais feliz se acreditar que foi ela mesma quem o reconquistou. Ao trazer aqui minha sobrinha, acredito que dei a ela uma excelente ocasião de recuperar a afeição de seu marido. A única cooperação que lhe peço é que vá seduzir o general.

A duquesa indicou com um gesto o amigo de desembargador, provocando um sorriso no rosto da condessa.

– Tudo bem, senhora, ficou sabendo finalmente o nome daquela desconhecida? – indagou o barão, com um ar um tanto ofendido, quando se encontraram a sós.

– Fiquei – disse simplesmente a sra. de Vaudrémont, fitando o desembargador.

Seu rosto demonstrava tanto sagacidade quanto

alegria. O sorriso espontâneo que ressuscitara em seus lábios e sobre suas faces e a luz úmida que brotava de seu olhar pareciam fogos-fátuos a iludir os viajantes incautos. Martial, que acreditava que ela ainda o amava, assumiu os ares de proprietário com o qual um homem seguro de si mesmo demonstra convencimento e presunção ao lado da mulher amada; e indagou, cheio de vaidade auto-indulgente:

– E não vai ficar aborrecida comigo se eu parecer interessado demais em saber esse nome?

– E não vai ficar aborrecido comigo se – replicou madame de Vaudrémont –, por causa do restinho de amor que ainda lhe tenho, eu não lhe disser nada, a fim de evitar que faça a menor tentativa de conquistar essa jovem dama? Sabe que isso pode colocar em risco sua vida?

– Senhora, perder sua boa vontade para comigo significa perder muito mais que a vida.

– Martial – disse severamente a condessa –, já que está mesmo tão interessado em saber, seu nome é madame de Soulanges. O marido dela está armado e vai lhe rebentar os miolos, se é que o senhor ainda os tem.

– Rá! Rá! Rá!... – o vaidoso soltou uma gargalhada. – Mas então o coronel deixará viver em paz quem roubou o coração dele e vai brigar só por causa da mulher? Mas que atitude mais estranha!... Escute, dê-me sua permissão para dançar uma única vez com aquela pequena dama. Assim a senhora terá a prova de como era escasso o amor que lhe votava aquele coração de neve, porque, se o coronel se zangar só porque eu dancei com a esposa dele, depois de ter suportado estoicamente que eu tenha tirado dele a senhora...

– Acontece que ela ama o marido.

– Mais um obstáculo que eu terei o prazer de superar...

– Mas não vê que ela é uma senhora casada!?...

– Grande coisa...

– Ah! – exclamou a condessa, com um sorriso amargo. – Vocês, homens, nos desprezam tanto por nossos erros quanto por nossos arrependimentos.

– Por favor, não se aborreça! – exclamou Martial com emoção. – Ah, por favor, perdoe meu atrevimento. Acabou, terminou, não quero mais nem ouvir falar nessa madame de Soulanges.

– O que o senhor merece é que eu o mande para ela.

– Pois então, eu vou – disse o barão, sorrindo. – E voltarei mais apaixonado pela senhora do que jamais estive... A senhora verá que a mais bela mulher do mundo não pode se apoderar de um coração que já lhe pertence inteiramente.

– Isso significa apenas que você quer é ganhar o cavalo do coronel...

– Mas que patife! Então esse traidor lhe contou nossa aposta?... – respondeu o rapaz, rindo e ameaçando com o dedo seu amigo sorridente.

O coronel aproximou-se, e Martial cedeu-lhe o lugar junto da condessa, a quem disse com uma expressão sarcástica:

– Senhora, cedo o lugar a um homem que se gabou há poucos minutos de que esta noite seria suficiente para que ele a conquistasse.

Ao se afastar, aplaudia-se mentalmente, pensando ter ferido o amor-próprio da condessa e prejudicado os planos de Montcornet. Todavia, apesar de sua sofisticação habitual, não tinha percebido a ironia que envolvia as sugestões de madame de Vaudrémont, nem tampouco lhe passara pela cabeça que ela estava tão interessada no general quanto seu amigo estava nela, embora nenhum dos dois soubesse ainda das intenções do outro. No momento em que o desembargador se aproximava todo emproado do candelabro sob o qual a condessa de Soulanges, pálida e lacrimejante, só demonstrava estar ainda viva pelos olhares que lançava, o marido desta chegava junto à porta do salão de baile, e eram os olhos dele que brilhavam de ódio. A velha duquesa, que observava tudo, correu em direção a seu sobrinho, pediu que lhe desse o braço e que lhe emprestasse a carruagem, porque realmente precisava ir embora, sob o pretexto de estar mortalmente entediada, embora de fato o que pretendia era impedir um escândalo lamentável. Antes de partir, ela fez um sinal de cabeça à sobrinha, designando o cavalheiro atrevido que se preparava para falar com ela, um sinal que claramente lhe dizia: "Aproveite a ocasião e cobre sua vingança!...".

A condessa de Vaudrémont surpreendeu o olhar que se passara entre a tia e a sobrinha e uma iluminação súbita percorreu sua alma, enchendo seu coração de terror, ao perceber que tinha sido ludibriada por aquela velha tão ardilosa e tão acostumada a tecer suas intrigas. "Mas aquela duquesa pérfida!..." disse consigo mesma. "Enquanto me pregava lições de moral, estava se divertindo o tempo todo e só queria me usar para conseguir o que queria..."

A esta reflexão, o amor-próprio da condessa de Vaudrémont passou talvez a demonstrar um interesse ainda mais forte que o despertado anteriormente por sua curiosidade no sentido de desenrolar o fio dessa intriga. Seu espírito ficou tão envolvido por essa preocupação que ela perdeu o controle de si mesma. O coronel, interpretando de modo favorável a seus propósitos o claro embaraço revelado pelas respostas e pelas maneiras da condessa, tornou-se ainda mais ardoroso e insistente. Os velhos diplomatas calejados pela sociedade, cujo maior divertimento era observar o jogo de expressões que passava pelas fisionomias, nunca haviam encontrado de uma só vez tantas intrigas para acompanhar ou adivinhar. As paixões que agitavam os dois pares diversificavam-se a cada momento naqueles salões animados, representando-se também em outros rostos com outras variedades de matizes. Infelizmente para eles, o espetáculo de tantas paixões vivas, de tantas brigas de amor, de tantas vinganças doces, de tantos favores cruéis, de tantos olhares inflamados, de toda aquela vida crepitante que se desenvolvia a seu redor somente fazia com que sentissem mais claramente sua própria exclusão. Finalmente, o barão conseguira sentar-se ao lado da condessa de Soulanges. Sua vista pousava disfarçadamente sobre o pescoço fresco da moça como o orvalho, que exalava um perfume que recordava as flores do campo. Admirava agora de perto a beleza que tanto lhe chamara a atenção de longe. Podia contemplar os pezinhos calçados em sapatos finos, enquanto media com a vista seu corpo flexível e cheio de graça. Nessa época, a moda era que as mulheres erguessem a cintura de seus vestidos para colocá-la justamente abaixo dos seios, à imitação das estátuas gregas, um estilo impiedoso para qualquer mulher cujo busto apresentasse o menor defeito. Ao lançar olhares furtivos para estes seios, Martial ficou encantado com a perfeição das formas[25] da condessa.

– A senhora ainda não dançou uma única vez esta noite – disse ele, com voz doce e aduladora. – Não será por falta de cavalheiros, presumo?...

– Nunca participo das festas da sociedade, senhor. Sou perfeitamente desconhecida por aqui – respondeu com frieza a condessa de Soulanges, que não compreendera o olhar com que sua tia procurara induzi-la a aceitar a corte do barão.

Sem saber bem como continuar, Martial fez reluzir o belo diamante que ornamentava sua mão esquerda, e as centelhas emitidas pela pedra pareceram acender um súbito clarão no espírito da jovem condessa, que se ruborizou e contemplou o barão com uma expressão indefinível.

– E a senhora gosta de dançar? – perguntou o provençal, a fim de prosseguir na conversa.

– Ah, gosto muito, cavalheiro.

Ao escutar essa resposta inesperada, seus olhares se encontraram. O jovem, surpreso pela súbita vivacidade da interlocutora, que acendeu em seu coração uma vaga esperança, fitou os olhos da mulher com uma interrogação muda.

– Pois bem, senhora, não seria um atrevimento muito grande de minha parte pedir que me concedesse a honra de ser seu par na próxima contradança?...

---

[25] Essa moda de cintura alta tornou-se conhecida como "estilo Diretório", por alusão à junta que governou a França nos anos que antecederam a ascensão de Napoleão. (N. do T.)

Uma perturbação que revelava sua ingenuidade tingiu novamente de vermelho as faces límpidas da condessa.

– Cavalheiro, acabo de recusar o convite de um dos dançarinos, um militar...

– Será por acaso aquele coronel de cavalaria, aquele homem alto que está sentado bem à nossa frente?

– Precisamente.

– Ah, não se preocupe, ele é meu amigo e não vai se ofender. Quer dizer então que vai me conceder o favor que tenho a ousadia de esperar?...

– Sim, cavalheiro.

Essa voz demonstrava uma expressão tão nova e tão profunda que a alma calejada do desembargador fraquejou. Sentiu-se invadir por uma timidez de colegial, perdeu por um momento toda a segurança de sua vaidade, sua cabeça meridional inflamou-se, quis falar, mas todas as frases que lhe vieram à cabeça pareceram sem sentido, comparadas com as respostas espirituosas e finas de madame de Soulanges. Sentiu-se aliviado quando começou a contradança. Em pé, frente a frente com sua bela dançarina, ele se sentiu mais à vontade. Para muitos homens, a dança em sociedade é uma maneira de ser; eles pensam que, ao exibir as habilidades de seu corpo, conseguem influenciar o coração das mulheres com muito mais eficiência que ao tentar seduzi-las pelo espírito. Sem a menor dúvida, o provençal desejava naquele momento empregar todos os poderes de sedução que estivessem a seu alcance, utilizando para isso todos os seus gestos e movimentos. Conduziu sua recente conquista à quadrilha, sabendo que as mulheres mais sedutoras do salão atribuíam uma quimérica importância à dança, uma atividade social que lhes parecia superior a qualquer outra. Enquanto a orquestra executava a melodia que servia de prelúdio à primeira figura da contradança, o barão sentia uma incrível sensação de orgulho satisfeito quando, ao passar em revista as dançarinas enfileiradas no ponto de partida daquela desafiante competição, percebeu que o vestido de gala e as jóias da condessa de Soulanges podiam comparar-se até mesmo aos de madame de Vaudrémont que, por acaso ou intencionalmente, completava com o coronel a quadrilha do barão e da dama azul. Todos os olhares se fixaram por um momento sobre madame de Soulanges; um murmúrio de lisonja anunciou que ela era o objeto da conversação de cada cavalheiro com seu par. Os olhares de inveja e de admiração fixavam-se tão claramente nela que a jovem, envergonhada por um triunfo que parecia não só não ter buscado, como tampouco querer aceitar, baixou modestamente os olhos, enrubesceu e ficou assim ainda mais encantadora. Se erguia às vezes as pálpebras muito alvas, era apenas para enxergar seu muito excitado par, como se ela quisesse atribuir a ele a glória de todas aquelas homenagens e dizer que preferia o companheiro a todos os demais; mas sua sedução era mesclada de inocência ou talvez ela parecesse entregar-se àquela admiração ingênua, que é o primeiro passo para o amor, com toda a boa-fé que somente se encontra nos corações dos jovens... Quando ela começou a dançar, todos os espectadores imediatamente se puseram a imaginar que ela somente mostrava seus encantos para Martial; embora fosse tão modesta e alheia às artimanhas dos salões, ela sabia, tão bem quanto a namoradeira mais experiente, levantar os olhos diretamente para os dele e baixá-los logo a seguir com o que parecia ser um recato estudado, mas nem por isso menos cativante. Quando as novas regras da contradança, que tinham sido inventadas pelo dançarino Trénis e que receberam por isso o nome de *trenita,* colocaram Martial frente a frente com o coronel, aquele murmurou sorridente:

– Ganhei seu cavalo...

– Pode ser, mas perdeu oitenta mil libras de renda – replicou-lhe o coronel, indicando com a cabeça a sra. de Vaudrémont.

– E que me importa isso?... – sussurrou de volta Martial. – Madame de Soulanges vale milhões...

No final daquela contradança, mais de um cochicho foi assoprado em mais de um ouvido. As mulheres menos bonitas davam lições de moral a seus pares, condenando o que parecia ser a recente ligação amorosa de Martial com a condessa de Soulanges. As mais belas espantavam-se com a facilidade com que ele realizara a conquista. Os homens não podiam compreender a sorte que tivera o pequeno desembargador, em cujo aspecto físico aparentemente insignificante não percebiam nada de encantador. Algumas mulheres mais indulgentes diziam que ainda era muito cedo para julgar o comportamento da condessa; a juventude seria muito infeliz se bastassem olhares mais expressivos ou alguns passos de dança graciosamente executados para comprometer a reputação de uma mulher. Somente Martial conhecia a extensão de sua felicidade. Já na última figura, quando as damas que dançavam a quadrilha iam formar o molinete, seus dedos apertaram os da condessa, e ele pareceu sentir, através da pele fina e perfumada da luva, que os dedos delicados da moça correspondiam a seu apelo amoroso.

– Senhora – disse-lhe, no momento em que a contradança findou –, não retorne àquele cantinho horroroso onde escondeu até agora seu rosto e seu vestido de gala... Será que a admiração que despertou durante a dança é a única recompensa auferida por esses diamantes que adornam seu pescoço tão alvo e pelos cachos de seus cabelos tão bem penteados? Venha dar um passeio comigo pelos salões a fim de apreciar melhor a festa e gozar o prazer que sua visão desperta...

Madame de Soulanges acompanhou seu sedutor, o qual pensava vaidosamente que, quanto mais a exibisse aos olhos de todos, com tanto maior certeza ela lhe viria a pertencer. De braço dado, os dois deram algumas voltas ao redor dos grupos que se acotovelavam pelos salões da mansão. A condessa de Soulanges, inquieta, parava alguns instantes antes de se decidir a entrar em cada sala e só penetrava nela depois de ter esticado o pescoço para correr os olhos e identificar todos os homens que lá se achavam. Esse medo, que enchia de alegria o coração do pequeno desembargador, somente parecia acalmar-se quando ele dizia à sua trêmula companheira:

– Não se preocupe: *ele* não está aí.

Desse modo, acabaram chegando a uma imensa galeria de quadros, localizada em uma das alas da mansão, ao longo da qual se poderia antegozar o magnífico aspecto de uma mesa em que se haviam colocado os alimentos mais diversos, frios, doces ou frutas, preparados para trezentas pessoas, uma refeição que na época era chamada de *ambigu.*[26] Ao perceber que iam anunciar a refeição, Martial conduziu a condessa para uma saleta oval, cujas janelas se abriam para o jardim, em que as flores mais raras e alguns arbustos ornamentais haviam sido dispostos de modo tal a dar a impressão de um pequeno caramanchão perfumado, guarnecido por brilhantes cortinados azuis. O burburinho da festa quase nem se escutava. Ao chegar ali, a condessa estremeceu e, por um momento, recusou-se a entrar junto com seu jovem par; todavia, depois de lançar uma vista de olhos sobre uma vidraça, percebeu que não iam ficar sozinhos, porque outras pessoas já andavam por ali; depois disso, aceitou de boa vontade ir sentar-se junto dele em uma otomana.

– Esta peça é deliciosa – comentou, enquanto admirava um painel azulado representando o firmamento enfeitado de pérolas.

– Tudo aqui está destinado a despertar o amor e o desejo – disse o jovem, em um tom de voz cheio de emoção.

Ajudado pela misteriosa claridade que iluminava todos os recantos do jardim, ele contemplou a condessa e surpreendeu em seu rosto docemente agitado

---

[26] Refeição especial que não era servida nem nas horas, nem conforme as regras habituais que determinavam a etiqueta do jantar ou da ceia. Todos os alimentos eram servidos juntos e colocados à disposição dos convidados, com os pratos empilhados de antemão sobre a mesa ou sobre as mesinhas laterais, os *buffets,* de onde surgiu a expressão atual, "bufê" ou "bifê". Todavia, as pessoas não se serviam pessoalmente, mas indicavam o que queriam e em que quantidades, sendo servidas então pelos lacaios. (N. do T.)

uma expressão mista de embaraço, pudor e ao mesmo tempo desejo que o deixou encantado. A jovem sorriu, e esse sorriso pareceu colocar um ponto final no combate de sentimentos que lutavam em seu coração; da maneira mais encantadora, ela segurou a mão esquerda de seu adorador e tirou-lhe do dedo o anel sobre o qual seus olhares se haviam detido anteriormente.

– Mas que lindo diamante! – exclamou com a expressão ingênua de uma menina que se deixa levar pelo aspecto atraente de uma primeira tentação.

Martial, emudecido pela carícia involuntária, mas embriagadora, que lhe fora feita pela condessa enquanto lhe retirava o anel, pousou sobre ela um olhar mais cintilante que os reflexos da pedra.

– Fique com ele – exclamou. – Queira usá-lo como recordação desta hora divina e como prova do amor que...

Ela o contemplou com uma expressão tão extasiada, que ele não conseguiu mais se conter, curvou-se e beijou-lhe a mão.

– O senhor está me dando de presente...? – disse ela, parecendo um pouco espantada.

– Se dependesse de mim, eu lhe daria o mundo inteiro!...

– Está falando sério? – indagou ela, com a voz alterada por uma satisfação quase incontrolável.

– A senhora vai aceitar de mim somente o meu diamante...?

– Prometa-me que nunca irá pedi-lo de volta? – exigiu ela.

– Jamais.

Ela enfiou o anel no dedo. Martial, contando com um sucesso próximo, fez uma tentativa de enlaçar a cintura da condessa, mas ela se ergueu de repente e disse-lhe com uma voz clara, despida de toda e qualquer emoção:

– Cavalheiro, não sinto o menor escrúpulo em aceitar este diamante, porque ele me pertence.

O desembargador ficou tão perplexo que não conseguiu dizer uma só palavra.

– O sr. conde de Soulanges tirou-o de cima de minha penteadeira há pouco tempo e depois me disse que o havia perdido...

– Minha senhora, acredito que esteja enganada – balbuciou Martial, com um ar ofendido. – Eu recebi esse anel de madame de Vaudrémont...

– Precisamente – respondeu ela, com um largo sorriso. – Meu marido me roubou esse anel, deu para ela, ela o deu de presente a você, ele viajou e agora voltou para mim, foi só isso. Talvez agora este anel me diga umas quantas coisas que ignoro e me ensinará o segredo de agradar sempre a todos... Cavalheiro – continuou ela –, se ele já não fosse meu, tenha certeza de que eu não teria corrido o risco de pagar tão caro por ele, porque, segundo dizem, qualquer jovem corre perigo ao lado do senhor... Olhe só!... – acrescentou, enquanto fazia saltar uma mola e mostrava um pequeno esconderijo por baixo da pedra – Os cabelos do sr. conde de Soulanges ainda estão aqui dentro...

Ela saiu pelos salões com tal rapidez que parecia inútil querer alcançá-la. Além disso, Martial tinha ficado tão confuso e humilhado que não sentia a menor disposição para tentar a aventura. O riso da madame de Soulanges ecoou dentro da saleta de onde o jovem vaidoso enxergou, entre dois arbustos, o coronel e a condessa de Vaudrémont, que se riam dele às gargalhadas.

– O senhor quer meu cavalo para correr atrás de sua conquista? – zombou o coronel.

O bom humor com que o barão suportou as brincadeiras feitas às suas custas pela condessa de Vaudrémont e por Montcornet permitiu-lhe conservar a discrição dos dois sobre os eventos daquela festa, em que seu amigo havia trocado seu cavalo de batalha por uma mulher jovem, bela e rica.

Enquanto a condessa de Soulanges atravessava as ruas que separam a Chaussée d'Antin do Faubourg Saint-Germain, onde ela morava, seu espírito estava dominado pela maior inquietação. Antes de deixar a mansão de Gondreville, ela havia percorrido todos os salões, sem encontrar sinal nem de sua tia, nem de seu marido, porque não sabia que eles haviam saído antes, sem esperar por ela. Pressentimentos assustadores vieram então atormentar sua alma ingênua. Testemunha discreta dos sofrimentos suportados por seu marido depois que a condessa de Vaudrémont o havia atrelado à sua carruagem, ela esperara com confiança que seu esposo se arrependesse e voltasse para ela. Desse modo, fora com incrível repugnância que ela havia consentido no plano arquitetado por sua tia, a duquesa de Lansac, e, naquele momento, tinha grande receio de haver cometido um erro. O baile enchera de tristeza sua alma cândida. Inicialmente, horrorizara-se com o ar sombrio e sofredor do conde de Soulanges, depois se apavorara ainda mais ao ver a beleza de sua rival, ao passo que a visão da sociedade corrupta que a rodeava lhe havia partido o coração. Ao passar sobre a Pont-Royal ela jogou nas águas do rio os cabelos profanados que ainda se encontravam sob o diamante, cabelos que o marido lhe oferecera um dia como prova de um puro amor. Chorou ao recordar os intensos sofrimentos que a vinham fazendo padecer há tanto tempo e estremeceu mais de uma vez ao pensar como o dever das mulheres que desejam conservar a paz conjugal as obriga a ocultar no fundo do coração, sem proferir uma só queixa, angústias tão profundas como as que sentira.

– Ai! – gemeu ela. – E como suportam tudo isso as mulheres que não amam? Onde se encontra a fonte de sua indulgência? Não posso acreditar, como me disse minha tia, que baste a razão fria para sustentar tanto devotamento.

Ela suspirava ainda quando o lacaio abaixou o elegante estribo da carruagem para que ela descesse e corresse rapidamente para o vestíbulo de sua própria casa. Subiu a escada às pressas e, ao chegar em seu quarto, teve um sobressalto de terror ao avistar seu marido sentado junto à chaminé da lareira.

– E desde quando, minha querida, você vai a bailes sem mim e sem sequer me prevenir?... – indagou ele, com a voz alterada pela raiva. – Você já deveria saber que uma mulher casada sempre fica deslocada na ausência do marido. Você parecia extremamente abatida naquele canto escuro em que se aninhou...

– Ah, meu querido Léon! – respondeu-lhe com uma voz carinhosa. – Simplesmente não fui capaz de resistir à felicidade de vê-lo sem que você me visse...

Foi minha tia que me levou a esse baile e fiquei tão contente de ter ido...

Suas palavras e seu tom de voz desarmaram o conde, que pôs de lado sua reprovação fictícia, porque, na verdade, era a si mesmo que ele estava recriminando ferozmente, enquanto aguardava cheio de apreensão o retorno de sua esposa, a qual, sem a menor dúvida, ficara conhecendo durante o baile a infidelidade que ele esperava esconder; segundo o costume dos amantes que se sentem culpados, ele tentara, ao interrogar a condessa em primeiro lugar, evitar a sua cólera mais do que justificada. Contemplou silenciosamente a esposa em seu vestido de gala e enfeitada com o melhor gosto, de tal modo que ela lhe pareceu então mais bela do que nunca. Feliz por ver o marido sorrindo e por encontrá-lo em um quarto que, nos últimos tempos, ele visitava cada vez com menor freqüência, a condessa o encarou com tanta ternura que o rosto dele se avermelhou de vergonha e ele foi obrigado a baixar os olhos. A clemência que ela manifestava inebriou Soulanges ainda mais, porque aquele encontro vinha logo depois dos tormentos pelos quais ele havia passado durante o baile. Segurou a mão de sua esposa e a beijou, cheio de gratidão. E por acaso a gratidão não é uma parte muito importante do amor?

– Hortense, o que é que você tem no dedo que me machucou tanto os lábios? – perguntou ele, ao mesmo tempo em que ria baixinho.

– Ora, é o meu diamante, que você disse ter perdido e que agora eu achei.

O general Montcornet não chegou a se casar com

a condessa de Vaudrémont, embora tenham passado algum tempo se entendendo muito bem. Ela foi uma das vítimas daquele lastimável incêndio que tornou para sempre célebre o baile oferecido pelo embaixador da Áustria, por ocasião do casamento do imperador Napoleão com a filha do imperador Francisco II.

Julho de 1829

Cronologia

1799 – 20 de maio: nasce em Tours, no interior da França, Honoré Balzac, segundo filho de Bernard-François Balzac (antes, Balssa) e Anne-Charlotte-Laure Sallambier (outros filhos seguirão: Laure, 1800, Laurence, 1802, e Henri-François, 1807).

1807 – Aluno interno no Colégio dos Oratorianos, em Vendôme, onde ficará seis anos.

1813-1816 – Estudos primários e secundários em Paris e Tours.

1816 – Começa a trabalhar como auxiliar de tabelião e matricula-se na Faculdade de Direito.

1819 – É reprovado num dos exames de bacharel. Decide tornar-se escritor. Nessa época, é muito influenciado pelo escritor escocês Walter Scott (1771-1832).

1822 – Publicação dos cinco primeiros romances de Balzac, sob os pseudônimos de lorde R'Hoone e Horace de Saint-Aubin. Início da relação com madame de Berny (1777-1836).

1823 – Colaboração jornalística com vários jornais, o que dura até 1833.

1825 – Lança-se como editor. Torna-se amante da duquesa d'Abrantès (1784-1838).

1826 – Por meio de empréstimos, compra uma gráfica.

1827 – Conhece o escritor Victor Hugo. Entra como sócio em uma fundição de tipos gráficos.

1828 – Vende sua parte na gráfica e na fundição.

1829 – Publicação do primeiro texto assinado com seu nome, *Le Dernier Chouan* ou *La Bretagne en 1800* (posteriormente *Os Chouans*), de "Honoré Balzac", e de *A fisiologia do casamento*, de autoria de "um jovem solteiro".

1830 – *La Mode* publica *El Verdugo*, de "H. de Balzac". Demais obras em periódicos: *Estudo de mulher, O elixir da longa vida*, *Sarrasine* etc. Em livro: *Cenas da vida privada*, com contos.

1831 – *A pele de onagro* e *Contos filosóficos* o consagram como romancista da moda. Início do relacionamento com a marquesa de Castries (1796-1861). *Os proscritos, A obra-prima desconhecida, Mestre Cornélius* etc.

1832 – Recebe uma carta assinada por "A Estrangeira", na verdade Ève Hanska. Em periódicos: *Madame Firmiani, A mulher abandonada.* Em livro: *Contos jocosos.*

1833 – Ligação secreta com Maria du Fresnay (1809-1892). Encontra madame Hanska pela primeira vez. Em periódicos: *Ferragus*, início de *A duquesa de Langeais*, *Teoria do caminhar*, *O médico de campanha.* Em livro: *Louis Lambert.* Publicação dos primeiros volumes (*Eugénie Grandet* e *O ilustre Gaudissart*) de *Études des moeurs au XIXème siècle*, que é dividido em "Cenas da vida privada", "Cenas da vida de província", "Cenas da vida parisiense": a pedra fundamental da futura *A comédia humana.*

1834 – Consciente da unidade da sua obra, pensa em dividi-la em três partes: *Estudos de costumes*, *Estudos filosóficos* e *Estudos analíticos.* Passa a utilizar sistematicamente os mesmos personagens em vários romances. Em livro: *História dos treze* (menos o final de *A menina dos olhos de ouro*), *A busca do absoluto*, *A mulher de trinta anos*; primeiro volume de *Estudos filosóficos.*

1835 – Encontra madame Hanska em Viena. Folhetim: *O pai Goriot*, *O lírio do vale* (início). Em livro: *O pai Goriot*, quarto volume de *Cenas da vida parisiense* (com o final de *A menina dos olhos de ouro*). Compra o jornal *La Chronique de Paris.*

1836 – Inicia um relacionamento amoroso com "Louise", cuja identidade é desconhecida. Publica, em seu próprio jornal, *A missa do ateu, A interdição* etc. *La Chronique de Paris* entra em falência. Pela primeira vez na França um romance (*A solteirona*, de Balzac) é publicado em folhetins diários, no *La presse*. Em livro: *O lírio do vale.*

1837 – Últimos volumes de *Études des moeurs au XIXème siècle* (contendo o início de *Ilusões perdidas*), *Estudos filosóficos, Facino Cane, César Birotteau* etc.

1838 – Morre a duquesa de Abrantès. Folhetim: *O gabinete das antigüidades.* Em livro: *A casa de Nucingen*, início de *Esplendor e miséria das cortesãs.*

1839 – Retira candidatura à Academia em favor de Victor Hugo, que não é eleito. Em folhetim: *Uma filha de Eva, O cura da aldeia, Beatriz* etc. Em livro: *Tratado dos excitantes modernos.*

1840 – Completa-se a publicação de *Estudos filosóficos*, com *Os proscritos, Massimilla Doni* e *Seráfita.* Encontra o nome *A comédia humana* para sua obra.

1841 – Acordo com os editores Furne, Hetzel, Dubochet e Paulin para publicação de suas obras completas sob o título *A comédia humana* (17 tomos, publicados de 1842 a 1848, mais um póstumo, em 1855). Em folhetim: *Um caso tenebroso, Ursule Mirouët, Memórias de duas jovens esposas, A falsa amante.*

1842 – Folhetim: *Albert Savarus, Uma estréia na vida* etc. Saem os primeiros volumes de *A comédia humana*, com textos inteiramente revistos.

1843 – Encontra madame Hanska em São Petersburgo. Em folhetim: *Honorine* e a parte final de *Ilusões perdidas.*

1844 – Folhetim: *Modeste Mignon, Os camponeses* etc. Faz um *Catálogo das obras que conterá A comédia humana* (ao ser publicado, em 1845, prevê 137 obras, das quais 50 por fazer).

1845 – Viaja com madame Hanska pela Europa. Em folhetim: